Gerd Frank **Ein Mord zu viel**

Gerd Frank

Ein Mord zu viel

Spektakuläre Mordfälle
aus Berlin und Brandenburg

Bild und Heimat

ISBN 978-3-95958-354-1

1. Auflage

Umschlaggestaltung: capa
Umschlagabbildung: Chris Keller / bobsairport
Druck und Bindung: GGP Media GmbH, Pößneck

SUPERillu

In Kooperation mit der SUPERillu

www.superillu-shop.de

Inhalt

I. Kriminalfälle aus Berlin

Der sadistische Hauslehrer
Der Fall Andreas Dippold (1903)

Um das Jahr 1900 suchte Rudolf Koch, der Direktor der Deutschen Bank in Berlin, einen Hauslehrer, der aus seinen zwei »missratenen Söhnen« Heinz und Joachim sogenannte deutsche Jünglinge machen sollte. Er fand auch einen – doch leider entpuppte sich derselbe als ausgesprochener Sadist.

Koch gab ein Inserat auf und erhielt daraufhin etwa vierzig Angebote. Er entschied sich für den 23-jährigen Jurastudenten Andreas Dippold. Was er nicht wusste: Dieser Mann hatte diverse Semester verbummelt und von seinem künftigen Schwiegervater geliehenes Geld bei Prostituierten gelassen. Danach löste er sein Verlöbnis und schrieb sich in Berlin ein, wo er seinen Kommilitonen sehr schnell als roher und jähzorniger Mensch auffiel. Mit Schnaps und leichten Mädchen verbrachte er die meisten seiner Abende.

Dippold nahm die Stelle als Hauslehrer im mondänen Milieu der Kochs, im Bezirk Tiergarten, an und dehnte seine Funktion rasch zu einem totalitären Erziehungsregiment aus. Dabei standen ihm die Eltern nicht im Weg, vielmehr statteten sie ihn bereitwillig mit umfassenden Freiheiten aus. Sie waren erleichtert, dass ihnen die Verantwortung für ihre Kinder abgenommen wurde, und zeigten sich damit einverstanden, dass der Student alsbald mit den Jungen das stattliche Landgut der Familie in Ziegenberg im Harz bezog.

Vater Rudolf Koch verfügte ohnehin kaum über private Freizeit, er war stets von beruflichen Aufgaben in Anspruch genommen. Und die Mutter Rosalie vertraute dem Hauslehrer, der sich auf die Reformpädagogik berief, nahezu blind. Er trat neben gesunder Ernährung vor allem für Abhärtung und körperliche Ertüchtigung im Freien – oder aber nackt – ein. Allzu vergeistigte Schwächlinge lehnte Dippold strikt ab. Nach seiner Interpretation sollten die beiden Jungen der Familie Koch ausgesprochene »Renommiersöhne« werden.

In den Briefen, die er der Mutter vom Landgut aus schickte, berichtete der Hauslehrer unerhörte Beobachtungen: Die Jungen würden Tag und Nacht onanieren; Heinz, der ältere Sohn – er war 13 und übergewichtig –, habe gestohlen, mit Falschmünzen Automaten geleert und das erschwindelte und gestohlene Geld für Bordellbesuche ausgegeben. Dieses schändliche Leben habe er erst aufgegeben, nachdem er sich mit Syphilis angesteckt habe.

Die Mutter zeigte sich zutiefst erschüttert, glaubte Dippold alles und schrieb: »Ich bedauere, dass Gott Sie uns nicht schon zwei Jahre früher zugeführt hat.«

Schließlich ging Dippold zu körperlicher Züchtigung über, »um den Kindern das Onanieren auszutreiben«. Weil er von einer ärztlichen Untersuchung dringend abriet, bestand Mutter Koch nicht darauf.

Dann schrieb eines Tages Heinz einen Brief an seine Mutter. Darin bezeichnete er den Hauslehrer als Saukerl,

Spitzbuben und Schurken, der auf schlimme Weise über die ganze Familie Koch herziehe. Rosalie Koch hielt Dippold dies vor und musste im Antwortbrief lesen, dass alles frei erfunden sei.

Die Härte der Strafen Dippolds nahm daraufhin zu. In seinem Denken und Handeln war er währenddessen geradezu besessen von Sexualität. Nachts legte er sich nackt zwischen die beiden Brüder. Er strafte, demütigte und quälte sie bis zur Bewusstlosigkeit. Einmischungen seitens des Dienstpersonals wies er entrüstet zurück.

Um seinem Peiniger zu entkommen, versuchte Heinz am 29. Januar 1903 davonzulaufen. Er klopfte bei Tagesanbruch an das Fenster der zum Landgut gehörenden Gärtnerwohnung. Der Junge war halbnackt und hatte auf dem Rücken und den Armen blutige Wunden. Sein Gesicht, die Augen und Hände waren stark angeschwollen. Heinz flehte das Gärtnerpaar um Hilfe an. Er erzählte, dass ihn der Lehrer aus dem Schlaf gerissen und mit einem Stock geschlagen habe; gewiss werde er ihn und seinen Bruder noch töten.

Die Darstellung klang überzeugend, und so erstattete der Gärtner dem Bürgermeister ausführlich Bericht, wonach derselbe den Bankdirektor Koch über den Vorfall informierte. Rudolf Koch aber nahm das Ganze nicht sonderlich ernst. Er hatte Gäste, zudem stand eine wichtige Aufsichtsratssitzung an. Allerdings bat er den Gehirnanatomen Dr. Vogt, an seiner Stelle nach Ziegenberg zu fahren; die Misshandlungen erwähnte er ihm gegenüber jedoch nicht.

Der Arzt entsprach dem Wunsch, untersuchte die Jungen aber nicht, sondern führte lediglich ein längeres

Gespräch mit dem Hauslehrer. Dabei ließ er sich von Dippold dessen Erziehungsmethoden schildern und stimmte mit ihm darin überein, dass »wegen der Onanie Züchtigung unbedingt nötig« sei. Dann verschrieb er den Jungen ein Schlafpulver und reiste wieder ab. Der Familie Koch teilte er mit, dass »alles in bester Ordnung« sei.

Im Februar 1903 reichte Andreas Dippold plötzlich die Kündigung ein. Rosalie Koch bat ihn jedoch dringend, dieselbe rückgängig zu machen und sich weiterhin zu bemühen, aus ihren Söhnen »andere« zu machen. Der Student erklärte, nur dann bleiben zu wollen, wenn er mit den beiden Jungen nach Drosendorf übersiedeln dürfe, wo er beheimatet sei. Dort würden sich weder Gärtner noch Dienstboten in seine Erziehungsmethoden einmischen. Vater Koch war einverstanden und schrieb seinen Söhnen unter anderem: »Ich vertraue ihm (Dippold) ganz und bin innig dankbar für den Liebesdienst. Ich als euer Vater befehle euch, eure ganze Kraft zusammenzunehmen, damit ihr zu Menschen werdet, welche die Liebe ihrer Eltern verdienen.«

Und Mutter Koch schrieb an Dippold: »Nun ist alles geschehen, um Ihren Willen zu erfüllen. In Drosendorf wird niemand Sie stören, am wenigsten jemand aus unserer Familie.«

Anschließend verreiste das Ehepaar nach Nizza, um dort Urlaub zu machen.

Nun nahm die Tragödie ihren Lauf – und am 10. März 1903 lag Heinz tot in seinem Bett. Der Hauslehrer hatte den Jungen, der bereits geschwächt war und ihn bat, liegen bleiben zu dürfen, mit Fußtritten traktiert, zu Turnübungen und in ein eiskaltes Bad gezwungen. Danach prügelte er ihn bis zur Bewusstlosigkeit. Erst danach hielt er es für nötig, den Bezirksarzt zu verständigen, dem er lang und breit die Verruchtheit der Familie Koch schilderte.

Als der Arzt den toten Jungen untersuchte, zeigte er sich erschüttert wegen der blutigen Striemen und eiternden Wunden, die Zeugnis von Fußtritten und Faustschlägen auf Gesicht, Schädel und Genitalien ablegten. Von Syphilis oder onanistischen Ausschweifungen gab es indes keine Spur. Also erstattete er Anzeige.

Am 9. Oktober 1903 – nach einem Prozess, an dem die Öffentlichkeit regen Anteil nahm – wurde Dippold wegen vorsätzlicher Körperverletzung vom Landgericht Bayreuth zu acht Jahren Zuchthaus verurteilt. Der Staatsanwalt verzichtete auf die Höchststrafe von 15 Jahren, erwähnte aber in seinem Plädoyer keine mildernden Umstände. Stattdessen begann er mit den Sätzen: »Im Publikum war der Glaube entstanden, das Ehepaar Koch sei am Tode des Kindes moralisch mitschuldig. Der Angeklagte hatte die Frechheit, zu behaupten, die Eltern kümmerten sich nicht um ihre Kinder. Die Verhandlung hat aber ergeben, dass die Eltern nicht die geringste Schuld trifft.«

Die Eltern setzten in der Folge alles daran, Dippold als gemeingefährlichen Sexualstraftäter hinzustellen. Die Reaktionen der Öffentlichkeit waren gespalten. Viele hatten Mitgefühl mit dem Opfer, den Studenten betrachtete man als krankhaften Sadisten, den man am liebsten gelyncht hätte. Mit dem Fall Dippold wurde eine rege Diskussion über das Verhältnis von Pädagogik, Sexualität, Individualität, Normalität und Perversion eröffnet …

Die Bestie vom Falkenhagener See

Der Fall Friedrich Schumann (1909–1919)

Am Mittwoch, dem 20. August 1919, vormittags um 10.30 Uhr, erschien im Wartezimmer des praktischen Arztes Dr. Tepling, wohnhaft in Berlin-Spandau, Potsdamer Straße, ein kaum mittelgroßer, blonder Mann. Er mochte etwa 28 Jahre alt sein, trug eine umgearbeitete feldgraue Uniform, dazu einen hellen, weichen Hut. In der rechten Hand hielt er einen schlanken Spazierstock aus hellem Holz.

Er wies einen Krankenschein der Bezirkskrankenkasse Spandau vor. Der Schein lautete auf den Namen Friedrich Schumann, Schlosser. Das Gesicht des Mannes war fiebrig gerötet. Als er dem Arzt im Ordinationszimmer gegenübersaß, fiel dem der lauernde Blick des Patienten auf. Irgendwie war ihm dieser Mensch unheimlich.

»Wissen Sie«, sagte der Besucher, »ich habe beruflich mit Zündern zu tun, habe Pech gehabt und bin durch Sprengstücke verletzt worden.« Er deutete auf seinen Oberarm.

Der Arzt ließ Schumann Rock und Hemd ablegen. Um den linken Oberarm trug Schumann einen Verband. Der Arzt entdeckte acht kleine, stark entzündete Hautwunden. Es waren winzige Löcher. Sie konnten niemals von Sprengstücken herrühren. Vorsichtig betastete Dr. Tepling den Arm und fühlte mehrere kleine, harte Fremdkörper. Schrotkörner wahrscheinlich.

»Ich schreibe Sie krank«, sagte Dr. Tepling. »Bitte nehmen Sie schon mal im Verbandzimmer Platz. Ich fürchte, Sie müssen ins Krankenhaus.«

Ruhig setzte sich Schumann in das Verbandzimmer. Er hatte offenbar starke Schmerzen im Arm. Inzwischen ging der Arzt rasch in die Küche. »Lauf sofort zur Polizei«, sagte er zu seiner Frau. »Ich glaube, das ist der Kerl, der vor zwei Tagen den Revierförster im Spandauer Forst ermordet hat.«

Dann ging Dr. Tepling zu seinem Patienten zurück. Mit der Sonde stellte er fest, dass es sich um Schusskanäle handelte. Jetzt konnte er die Schrotkörner ganz deutlich fühlen. Als er den Verband anlegen wollte, klingelte es an der Praxistür.

Aus den Augenwinkeln beobachtete der Arzt den unheimlichen Patienten. Aber der schaute ins Leere, wie jemand, der seinen Schmerz verbeißen will. »Die beiden Männer vom Elektrizitätswerk«, sagte die Arztfrau. »Wegen der Leitung im Schlafzimmer.«

Die beiden Männer, die jetzt auf Zehenspitzen durch das Verbandzimmer in das angrenzende Schlafzimmer gingen, trugen Werkzeugtaschen. Sie machten die Türe leise hinter sich zu.

Aber schon wenige Sekunden später ging die Tür wieder auf. Jeder von ihnen hielt in der Rechten einen Revolver, in der Linken eine Blechmarke.

»Kriminalpolizei! Wir verhaften Sie wegen Raubmordes.«

Ruhig stand Schumann auf. Kein Erstaunen, kein Erschrecken, kein Fluchtversuch. Die Vorsicht der Beamten, die erst die vom Schlafzimmer auf den Korridor führende Tür abgeschlossen hatten, erwies sich als überflüssig.

Das geschah am Vormittag des 20. August 1919.

Am Abend meldeten die Zeitungen, dass die Spandauer Kriminalpolizei mit Schumann einen gefährlichen Doppelmörder gefasst hatte. Er hatte nicht nur den Revierförster Nielbock erschossen, sondern am gleichen Tage auf der Spandauer Chaussee auch noch einen Radfahrer ermordet.

Gleichzeitig wurde die Vermutung ausgesprochen, dass Schumann für eine Kette rätselhafter Mord- und Gewalttaten verantwortlich sein könnte, die im Verlauf der letzten beiden Jahre die Anwohner des Spandauer Forstes und des lieblich gelegenen Falkenhagener Sees in Angst und Schrecken versetzte.

Schon am nächsten Tage schien es gewiss zu sein: Der Serienmörder vom Falkenhagener See war gefasst. Ein Aufatmen ging durch die Bevölkerung, aber auch eine Welle von Wut und Hass. Auf den Straßen, in den Geschäften, in den Destillen – überall hörte man den Namen des Mannes, der jahrelang seinen Mitbürgern, seiner Familie, seinen Arbeitskollegen als ein harmloser, arbeitsamer und bescheidener Mensch erschienen war. Jetzt nannte man ihn eine »Bestie in Menschengestalt«, er sollte alle Übeltaten begangen haben, die seit Jahren in Spandau und Umgebung verübt worden waren.

Kriminaloberwachtmeister Lahmann vom Morddezernat der Berliner Kriminalpolizei, dem der Fall übertragen wurde, konnte sich vor Zeugen und Beweismaterial nicht retten. Nach zweitägiger Vernehmung teilte er mit, dass

Schumann ein volles Geständnis abgelegt habe. Aber schon am Tage darauf musste er zugeben, dass der Verhaftete nur gestand, auf den Förster Nielbock geschossen zu haben, weil dieser ihn beim Wildern ertappt und die Waffe auf ihn angelegt habe.

Dann aber glückte der große Schlag: Uhren, Ringe, Wäschestücke, die man säuberlich sortiert und mit Bändchen verschnürt in Schumanns Wohnung fand, wurden von den Angehörigen derer, die nach einem Ausflug zum Falkenhagener See verschollen geblieben waren, als Eigentum ihrer Kinder oder Geschwister wiedererkannt. Pfadfinder und Wandervögel waren es gewesen, verliebte Paare, die an den stillen Seeufern Zeit verbracht hatten.

Ein grausiges Bild erstand nun nach den Schilderungen des Kriminaloberwachtmeisters Lahmann: Irgendwo im Gebüsch musste Schumann gelauert haben. Mit einem scharfen Feldstecher suchte er den gegenüberliegenden Waldrand ab, bis er hinter irgendeinem Gebüsch jemanden entdeckte, meistens waren es Pärchen. Sobald Schumann wusste, dass er mit seinen Opfern allein war, ließ er sein Glas sinken und glitt wie eine Raubkatze zu Boden. Kein Ast knackte, kein Farnkraut bewegte sich, als er sich an die beiden heranschlich.

War er nahe genug, hörte er Lachen, verliebte Worte. Wieder hob er seinen Feldstecher. Ganz groß hatte er jetzt die beiden im Blickfeld, und während die linke Hand noch das Glas hielt, zog die rechte aus der Brusttasche die schwere, langläufige Parabellum-Pistole. Wie spielerisch drückte der Daumen den Sicherungsflügel herunter, fest schloss sich die Hand um den Kolben.

In demselben Sekundenbruchteil, in dem der Schuss krachte, war Friedrich Schumann auf den Beinen und sprang auf sein Opfer. Er wartete nie ab, ob er auch getroffen hatte. Friedrich Schumann war ein unfehlbarer Schütze, dafür hatte er das Eiserne Kreuz bekommen. Im Nu war er über dem Mädchen, das noch gar nicht begriff, was geschah. Nur dass statt des vertrauten Gesichts ihres Begleiters plötzlich ein fremdes da war. Zwei brennende und doch kalte Augen stachen aus diesem Gesicht, die Augen eines Raubtieres. Und noch bevor sich ein Schreckensschrei aus ihrer Kehle löste, hatte diese menschliche Bestie schon die Hand über ihren Mund gelegt. Und bald darauf krachte wieder ein Schuss …

Wenn Friedrich Schumann von seinen »Waldspaziergängen« in seine kleine, saubere Wohnung in der Staakener Straße zurückkehrte, war er ruhig und ausgeglichen. Seine hübsche stille Frau wusste um seine Liebe zum Wald. Er glaubte, die Sprache der Vögel zu verstehen, und er wurde direkt gesprächig, wenn er seiner Frau erzählen konnte, auf welche geschickte Waldläufermanier es ihm wieder einmal gelungen war, ein Gespräch der Vögel zu belauschen.

Der Morgen graute bereits, als Dr. Frey, der berühmte Strafverteidiger, die Akte »Schumann« aus der Hand legte. Er wusste jetzt, weshalb sein Vorgänger sein Mandat als Pflichtverteidiger niedergelegt hatte. dieser war wohl dem alten Gewissenskonflikt des Verteidigers erlegen: Durfte man als Anwalt einen Menschen verteidigen, von dessen Schuld man überzeugt war?

Schumann hatte vor der Kriminalpolizei und auch vor dem Untersuchungsrichter zunächst eine ganze Reihe von Morden, von Mordversuchen und Notzucht eingestanden. Nur gegen den Vorwurf des gemeinen Diebstahls hatte er sich energisch zur Wehr gesetzt. Er habe den Toten die Wertsachen lediglich abgenommen, um eine Trophäe zu besitzen, erklärte er. Dass er etwas von seiner Beute zu Geld gemacht oder für sich verwendet hatte, konnte man ihm nicht nachweisen. Dann plötzlich, kurz vor Abschluss der Voruntersuchung, hatte Schumann alle Geständnisse widerrufen. Sie seien ihm von den Kriminalbeamten unter schweren Misshandlungen abgepresst worden. Die geistigen Urheber seiner Taten seien die Kriminalisten selbst gewesen. Sie hätten die Protokolle aufgesetzt, und er habe zu allem Ja gesagt, um nicht von ihnen totgeprügelt zu werden. Vor dem Untersuchungsrichter habe er den Inhalt der polizeilichen Protokolle schließlich bejaht, um die endlose Untersuchung zu Ende zu bringen und endlich die Hauptverhandlung herbeizuführen, in der er das Lügengewebe der Polizei zerstören wollte. Das klang alles nicht gerade überzeugend.

An einem Sonntagnachmittag des Jahres 1920 saß Dr. Frey dann seinem Mandanten zum ersten Mal persönlich gegenüber. »Ich bin zu Ihrem Pflichtverteidiger bestellt worden«, sagte er.

Die Zelle enthielt einen breiten Tisch, auf jeder Seite stand ein Stuhl. Schumann war nicht gefesselt. Aber Dr. Frey wusste, dass er nichts zu befürchten hatte. »Nach dem Gesetz bin ich verpflichtet, über alles, was Sie mir als Ihrem Verteidiger anvertrauen, Stillschweigen zu bewahren.«

»Ich habe Ihnen nichts anzuvertrauen.«

»Wenn Sie die Taten begangen hätten und ein Geständnis ablegen würden, wäre es vielleicht möglich, Ihre Unzurechnungsfähigkeit nachzuweisen.«

»Das verbiete ich Ihnen!« Schumann war aufgesprungen, er bebte am ganzen Körper. »Ich bin ganz normal.«

»Na gut! Wie Sie wollen. Ich hoffe, Sie werden noch ein bisschen mehr Vertrauen zu mir fassen. Wenn Sie selbst überzeugt sind, dass Sie normal sind, bitte! Ich werde auf Unzurechnungsfähigkeit hinarbeiten.«

Dr. Frey stand auf.

»Gut, aber Glück werden Sie damit nicht haben!« Schadenfroh, kalt und selbstsicher rief Schumann diese Worte, als der Verteidiger die Zelle verließ. Er sollte recht behalten.

Acht Tage kämpfte Dr. Frey einen aussichtslosen Kampf. Schließlich sprachen die Geschworenen Schumann schuldig. In sechs der elf Fälle, die Schumann zur Last gelegt wurden, hielt man ihn des Mordes für schuldig, in elf Fällen des versuchten Mordes, in sechs Fällen der Notzucht, in acht des schweren Diebstahls. In fünf Mordfällen folgte man Freys Antrag und sah Schumanns Schuld als nicht zweifelsfrei erwiesen an.

Der Staatsanwalt stellte seinen Antrag: Er plädierte sechsmal auf Todesurteil, lebenslängliches Zuchthaus, zehn Jahre Zuchthaus und zahllose Gefängnisstrafen. Das Urteil fiel in seinem Sinne aus. Da legte Dr. Frey, um Schumanns letzte Chance zu wahren, Revision ein.

Bei einem seiner Besuche in Plötzensee lernte er unvermutet Schumanns eigenartige Naturphilosophie kennen. Die Zelle lag in einem Flügel des Gefängnisses, der an einen kleinen Park angrenzte. Man konnte die Wipfel von

Bäumen sehen und das Gezwitscher der Vögel hören.

»Seien Sie bitte mal still«, sagte Schumann plötzlich und horchte. Es war ein langgezogenes Pfeifen hörbar, dem ein aufgeregtes Zwitschern antwortete. »Das ist die Revieramsel«, sagte er. »Sie jagt einen Vogel fort, der in ihren Bereich eingedrungen ist. Sie hat völlig recht. In das Revier eines anderen darf niemand eindringen. Und wenn er 's dennoch tut, wird er umgebracht. Mit Recht.«

Dr. Frey schien es, als hätte Schumann soeben das Geständnis abgelegt, auf das er so lange Zeit gewartet hatte. Da war seine beinahe inbrünstige Liebe zum Wald. Der Falkenhagener Forst – das war sein Revier. Die Männer schoss er nieder, die Frauen gehörten ihm. War das etwa der Schlüssel zu seiner verbrecherischen Persönlichkeit? War hier ein Naturgesetz aufgebrochen und wieder lebendig geworden?

Wollte dieser Mann tatsächlich die Natur gegen das Eindringen der Menschen verteidigen, als er zum Mörder wurde? Wenn er vom Wald sprach, wich das Schreckliche, Starre aus seinen Augen, sie blickten dann lebendig, beinahe sanft. Der Gegensatz der zwei Seelen in diesem Menschen war grauenvoll – und faszinierend.

Mitte August, fünf Wochen nach dem Urteil, fand Dr. Frey auf seinem Schreibtisch einen Brief Schumanns, worin er gebeten wurde, die Revision zurückzuziehen. Frey entsprach dem Wunsch, wenn auch widerstrebend, und teilte der Justizbehörde mit, dass Schumann den Wunsch habe, bald hingerichtet zu werden.

Der Zeitpunkt sollte auf Ende August festgesetzt werden. Drei Tage kämpfte Dr. Frey einen schweren Kampf. Dann fuhr er erneut nach Plötzensee.

Der Gang zu den Todeszellen des Strafgefängnisses war schmal. Schumanns Zelle lag ganz am Ende, dicht neben der Tür zum Hof III, in dessen Mitte der hölzerne Hinrichtungsschuppen stand. In dem drei mal vier Meter großen Raum der Zelle saßen drei Männer. Zwei von ihnen trugen die grüngraue Uniform der Aufseher. Einer saß auf einem Stuhl, der andere auf dem schmalen Bett. Der dritte Mann hatte die graublaue Sträflingskluft an. Quer über die Schultern war ein weißer Stoffstreifen wie eine Epaulette aufgenäht – das Zeichen der Mörder.

Ruhig saß Friedrich Schumann an dem Klapptisch auf einem einzementierten Hocker. Und er hielt für Professor Dr. Dr. Erich Frey den Schock seines Lebens bereit. Nachdem er recht bedächtig seine Henkersmahlzeit eingenommen hatte und die beiden anderen Männer sich entfernt hatten, sagte Schumann: »Jetzt haben wir noch schön Zeit, damit ich Ihnen die Wahrheit erzählen kann.«

»Welche Wahrheit?« Dr. Frey musste sich zwingen, nicht aufzuspringen. »Welche Wahrheit, Schumann?«

Der zum Tode Verurteilte musterte ihn interessiert, ein wenig von oben herab. Dr. Freys Erregung schien ihm wohl unverständlich. Er faltete die Hände, drehte die Daumen und blickte zur Tür hin, wo er hinter dem vergitterten Guckloch die Augen des Wachtmeisters witterte.

Dann beugte er sich zu Frey herab und sagte leise: »Das Gericht hat mich sechsmal zum Tode verurteilt …« Wieder huschte sein Blick zur Tür. Er rückte noch näher und flüsterte: »Ich habe aber nicht sechs, auch nicht elf – sondern 25 Menschen umgebracht.«

Dem Verteidiger stockte der Atem. Er fühlte, wie ihm der kalte Schweiß den Nacken hinunterrann.

»25?«, fragte er heiser. »Wegen elf Morden waren Sie angeklagt. Wer waren die anderen 14? Kennen Sie von einigen etwa die Namen? Können Sie sich vielleicht noch an Einzelheiten erinnern? Wann es gewesen ist? Ob es Männer oder Frauen waren? Wie sie aussahen?«

»Lassen Sie doch meinen Arm los, Herr Doktor. Sie tun mir ja weh«, sagte Schumann. »Und was die Zeit und die Einzelheiten betrifft – natürlich, an all das erinnere ich mich noch genau.«

»Schumann«, stieß Frey aufs äußerste erregt hervor. »Könnten Sie mir das schriftlich geben?«

Er griff in die Tasche und holte Papier und Bleistift hervor.

»Wozu wollen Sie das schriftlich haben? Mehr als einmal hinrichten, das gibt es doch nicht?«

»Mensch, Schumann«, keuchte der Verteidiger. »Begreifen Sie doch! Wenn Sie mir das schriftlich geben, dann werden Sie nicht hingerichtet. Sie sind gerettet!«

»Was?«, fragte Schumann.

Er war von seinem Hocker aufgesprungen und starrte Dr. Frey ungläubig an. Totenbleich, mit Augen, die tief in ihren Höhlen lagen.

»Sie werden überhaupt nicht hingerichtet!«, schrie Dr. Frey aufgeregt. »Mit diesem Geständnis kriegen Sie den Paragrafen 51. 25 Morde, Schumann, das tut kein normaler Mensch. Und wer so etwas gesteht, ist anormal.«

»Aber, das will ich doch nicht, Herr Doktor!«, stieß Schumann hervor.

»Aber Sie sind anormal«, rief Frey heftig. »Begreifen Sie doch, dass Ihnen die Einsicht in das Furchtbare Ihrer Handlungen fehlt.«

Frey hatte den Satz noch nicht ausgesprochen, da sank Friedrich Schumann vor ihm auf die Knie und umklammerte seine Beine. »Nein, nein, nein«, keuchte er. Seine Kiefer schlugen wie im Fieberschauer aufeinander.

Er flehte, er philosophierte, er weinte. Es war die Hölle. Immer wieder keuchte er: »Ich will nicht in die Irrenanstalt, Herr Doktor, ich will nicht in die Klapsmühle ...«

Dr. Frey versuchte ihm klarzumachen, dass er wirklich geisteskrank sei und nicht das Fallbeil, sondern die Heilanstalt eine gerechte Sühne für ihn sein würde.

Schließlich setzte sich Schumann aber doch hin und schrieb, schrieb, bis hinter dem vergitterten Fenster der Morgen graute. Endlich war er fertig, Dr. Frey hatte ihm unentwegt zugesehen. Nun las er: »Mein erster Mord geschah am 14. Mai 1908. Hertha Balzuweit, meine Kusine. Im Wald bei der Laubenkolonie ›Frieden‹. Mit dem Tesching erschossen.«

»Aber das war doch ein Unfall?«, äußerte Frey verblüfft.

Schumann lachte trocken und dann erzählte er. »Es war mein 16. Geburtstag. Wir feierten ihn in der Laube. Mutter war stolz, dass sie mir einen Tesching schenken konnte, Kaliber 22. Tante Alma war da und ihre Tochter, meine Cousine Hertha. Sie war ein Jahr jünger als ich. Sie hatte sich an ihre Zöpfe Stickgarn geflochten, damit sie länger aussahen. Leiden konnte ich sie nicht.«

Er erzählte monoton und sachlich und dennoch konnte sich der Strafverteidiger einer merkwürdigen Faszination nicht entziehen. Ein heißer Tag im Mai sei es gewesen, die Holzlaube, die Beete mit dem ersten Grün im trockenen Sand, Radieschen und Gurken ... Auf dem Tisch vor der

Laube wurde Kaffee getrunken. Dazu gab es Streuselkuchen, von Mutter gebacken. Schließlich, als die Gespräche der Erwachsenen über den engsten Familientratsch zu heikleren Themen vorstießen, hieß es: »Kinder, wollt ihr denn nich 'n bisschen spielen gehen?«

Draußen lag der Wald, das Revier des 16-jährigen Friedrich Schumann. Heißer Sand unter Kiefern, manchmal verirrte sich ein Hase oder ein Reh bis an den Rand der Laubenkolonie.

»Wir spielen Räuber und Prinzessin!«

»Ja!«, schrie das Cousinchen. Und keiner der Erwachsenen sah, dass Friedrich den Tesching mitnahm.

»Du musst dich dort verstecken«, flüsterte Friedrich der Cousine zu und schlich sich in das Kieferndickicht. An der Schneise wartete er.

Dann hörte er die Cousine. Sie brach die Zweige und rief laut nach ihm: »Fritz, Fritz!«

Das ganze Spiel war ihm verdorben. So schrie man doch nicht im Wald! So schrie man doch nicht, wenn man Räuber und Prinzessin spielt! Er umkrallte den neuen Tesching. Eine ungeahnte Wut stieg in ihm hoch.

Und dann erschien Hertha zwischen zwei Bäumen und rief erneut nach ihm: »Fritz!«

Da hatte er schon die Waffe im Anschlag und drückte ab, ohne zu zögern ... Ein Schrei durchriss die friedliche Stille, und dann lag da ein weißes, rotgepunktetes Kleid auf der Schneise, mitten im Sonnenschein.

Schreiend stürzte Fritz zur Laube zurück: »Das Cousinchen!«

Die Erwachsenen eilten herbei.

Das Kind war tot.

Später kam die Polizei.

»Ich habe denen gesagt, dass ich Hertha für ein Reh gehalten hätte«, sagte Friedrich Schumann. »Das stimmte aber nicht. Ich habe mich bloß geärgert, weil sie im Wald so laut geschrien hat. Das tut man doch nicht. Da hab ich eben geschossen.«

Friedrich Schumann kam damals in Fürsorge-Erziehung. Nach sechs Monaten steckte man ihn in die Lehre als Schlosser. Als 1914 der Krieg ausbrach, war er gerade Geselle geworden. Sehr bald schon drückte man ihm wieder eine Waffe in die Hand. Diesmal keinen Tesching, Kaliber 22, sondern einen Karabiner und dann ein Maschinengewehr, Kaliber 7,9.

»Vier Jahre lang durfte ich schießen«, erzählte Schumann. »Für Kaiser und Reich. Dafür bekam ich das Eiserne Kreuz Zweiter Klasse ...«

Danach kehrte er heim nach Spandau. Er arbeitete bei der Reichsbahn, sollte Lokomotivführer werden und heiratete ein blondes Mädchen.

»Vom Wald hatte sie keine Ahnung«, beichtete Schumann. »Aber sonst war sie sehr lieb. Jede freie Stunde, jede Nacht ging ich allein in den Wald, in den Falkenhagener Forst. Das war mein Revier.«

Und wer ihn in diesem Revier störte, den brachte Friedrich Schumann um. Mit der Parabellum-Pistole, die er aus dem Krieg mitgebracht hatte. Wenn es Männer waren, genügte ihm der Mord. Waren es Frauen, so mussten sie erst ihm gehören, bevor er ihnen den »Gnadenschuss« gab.

Dr. Frey las die grausige Liste der Fälle vor. Bei jedem Namen fragte er nach dem Grund. Dann sagte Schumann: »Sie hat mich bei der Jagd gestört … Der hat mir die Vögel verscheucht, als ich ihnen zuhören wollte … Die haben so laut gelacht … Begegnete mir im Wald und hat mich so schnippisch angeguckt … Er hat mich gestört, als ich dem Mädel nachgehen wollte …«

25-mal Mord, begangen von einem Menschen, der den preußischen Justizminister um rasche Hinrichtung gebeten und geschrieben hatte: »Außerdem kann niemand, auch Sie nicht, Herr Minister, wissen, ob der Tod überhaupt eine Strafe ist. Denn es weiß doch niemand, ob es nicht ein Fortleben im Jenseits gibt, das besser ist als alles Erdendasein.«

Nun nahm Schumann seinem Verteidiger den Zettel aus der Hand, faltete ihn und legte ihn unter sein Kopfkissen. »Nur Ihnen zuliebe«, sagte er dabei. »Die anderen hätten mich niemals weich gekriegt.«

Am 27. August 1921, um 6 Uhr morgens, wurde Friedrich Schumann von Scharfrichter Gröpeler aus Magdeburg mit dem Fallbeil hingerichtet – so schreibt Dr. Fry in seinen »Erinnerungen«. Nach verschiedenen Quellen, insbesondere den Meldungen in den Berliner Tageszeitungen, muss er sich dabei jedoch geirrt haben. Schumann soll demnach nicht am 27. August, sondern bereits am 10. Mai hingerichtet worden sein. Und zwar nicht von Gröpeler, sondern von Lorenz Schwietz.

Die »Bestie vom Falkenhagener See« starb, ohne einen Laut von sich zu geben.

Der Wurstmaxe vom Landwehrkanal

Der Fall Carl Großmann (1913–1921)

Am Ufer des Landwehrkanals in Berlin stand ein kleiner, hagerer Mann in einer viel zu weiten Jacke, viel zu langen Hose und mit einem zerknitterten alten Filzhut auf dem Kopf. Hastig sah er sich um, stellte fest, dass er unbeobachtet war, und griff schnell in die große Wachstuchtasche, die er bei sich trug. Er entnahm ihr einen menschlichen Fuß und schleuderte ihn ins Wasser.

Der Mann ging ein paar Schritte weiter, stellte die Tasche ab und fasste erneut hinein. Diesmal kam ein kurz unter dem Kinn abgehackter Frauenkopf zum Vorschein. Er packte ihn an den Haaren, holte kräftig aus, und der Kopf versank im aufspritzenden Kanalwasser.

Eine halbe Stunde lang wiederholte sich diese Prozedur. Dann wischte sich der schmächtige Mann die Hände an der Jacke ab, klemmte sich die inzwischen leere Tasche unter den Arm und ging davon.

Diese Szene ist keinem Horrorfilm entnommen, sie hat sich tatsächlich so abgespielt: an einem warmen Augustabend des Jahres 1921, beleuchtet von einem blassen Halbmond; nur wenige Menschen waren zu diesem Zeitpunkt in der Nähe unterwegs.

Am darauffolgenden Morgen fanden Kanalschiffer einen weiblichen Oberschenkel, der sich an der Böschung verfangen hatte. Mit langen Stangen stocherten anschließend mehrere Polizisten im Kanal herum, und tatsächlich entdeckte man weitere Leichenteile. Sie gehörten zum mittlerweile zwölften Leichenfund in diesem Jahr.

Immer waren es Frauen – und immer waren es Opfer von Carl Großmann, einem fliegenden Händler vom Schlesischen Bahnhof (heute: Ostbahnhof) in Berlin. Man nannte ihn den »Wurstmaxe«, weil er dort neben dem Haupteingang einen Kiosk betrieb, an dem er heiße Würstchen, Schrippen und Buletten verkaufte.

In der Millionenstadt Berlin rätselte man lange, wer der unheimliche Frauenmörder sein mochte, der seine Opfer so grauenhaft verstümmelte. Wie es aussah, verstreute er die Leichenteile scheinbar wahllos rund um den Schlesischen Bahnhof.

Auch als der 58-jährige Carl Großmann am Nachmittag des 6. August 1921 im 50. Polizeirevier an der Kleinen Andreasstraße auftauchte, fiel kein Verdacht auf ihn. Der schmächtige Mann war der Polizei nicht unbekannt, denn alle paar Wochen erschien er, um zu melden, dass ihm wieder einmal eine Wirtschafterin davongelaufen sei. Und regelmäßig beschuldigte er sie, ihn bestohlen zu haben. Er stolperte also auch diesmal aufgeregt in die Wachstube. Sein eingefallener, zahnloser Mund bewegte sich; es sah aus, als führe er unentwegt Selbstgespräche. Kaum stand er an der Holzbarriere des spärlich eingerichteten Raumes, legte er los: »Das Aas ist verschwunden. Natürlich hat sie mich beklaut!«, schimpfte er außer sich. »Wozu zahle ich denn Steuern, wenn ihr von der Polente uns anständige Bürger nicht vor solchem Kroppzeug beschützt?«

Eher belustigt hörten die Beamten dem wunderlichen Alten zu. Einer von ihnen versuchte, den kleinen Mann zu beruhigen, und versprach ihm, nach der Frau zu fahnden. Das reichte Großmann, und so setzte er seinen verbeulten Filzhut wieder auf und verließ grußlos das Polizeirevier.

Der »Wurstmaxe« ging direkt nach Hause, in die Lange Straße 88. Dort besaß er im zweiten Stock eines arg heruntergekommenen Mietshauses eine Zweizimmerwohnung. Sie war völlig verdreckt und voller wertlosem Zeug. In den Ecken stapelten sich Kartons, dazwischen lagen, achtlos verstreut, alte Frauenkleider.

Sauber war in dieser verwahrlosten Wohnung nur der Vogelkäfig, in dem ein Zeisig saß. Der Käfig hing an der Wand, direkt neben dem Küchenfenster. Carl Großmann säuberte ihn täglich, dabei redete er mit dem Vogel wie mit einem Menschen: zärtlich und liebevoll. Bei den Nachbarn war der »hässliche Carl« unbeliebt. »So ein dreckiger Bock«, schimpften sie, »immer bringt er Weiber ins Haus. Es ist ein Wunder, dass er welche findet. Nachts schreien und brüllen sie, dass es einem angst und bange werden könnte. Und dann erst dieser unerträgliche Gestank! Oft könnte man glauben, dass er Fleisch verbrennt. Nee, nee, ein angenehmer Mieter ist der Großmann weiß Gott nicht.«

Dennoch beschwerte sich kein Mensch offiziell über ihn. In dieser Gegend lief man nicht gerade schnell zur Polizei. Lieber trugen die Leute ihre Meinungsverschiedenheiten unter sich aus.

Am 20. August 1921 stand Carl Großmann um 6 Uhr morgens auf. Wieder einmal zog er seinen speckigen Anzug an, Waschen und Rasieren entfielen wie gewöhnlich. Dann fuhr er nach Moabit, wo er vor dem Untersuchungsgefängnis stehenblieb und wartete. Als sich endlich die Tür öffnete und eine etwa 35-jährige, blasse, ärmlich gekleidete Frau heraustrat, ging er stracks auf sie zu und sprach sie an. »Wollen Sie nicht meine Wirtschafterin werden? Ich suche jemanden für meinen Haushalt.«

Die Frau – sie hieß Marie Nitsch und stammte aus Dresden – blickte ihn unschlüssig und abschätzend an. Obwohl der hässliche Alte nicht gerade einladend wirkte, sagte sie schließlich zu. »Na schön, wir können es ja mal miteinander versuchen.«

Sie hatte im Grunde keine andere Wahl, denn sie war eben aus dem Gefängnis entlassen worden. Die gelernte Schneiderin war nach Berlin gekommen, um ihr Glück zu machen. Stattdessen war sie sehr schnell in schlechte Gesellschaft und auf die schiefe Bahn geraten; zuletzt hatte sie nur noch von Prostitution gelebt und war wegen Beischlafdiebstahls verurteilt worden. Marie Nitsch war am Ende: Sie hatte weder Verwandte noch Bekannte, keine Wohnung und kein Geld.

Großmann lächelte vage. »Sie werden es nicht bereuen«, rief er, »wirklich nicht.« Dann lud er seine neue Haushälterin erst einmal zum Essen ein. Das ungleiche Paar vergnügte sich den ganzen Tag in verschiedenen Kneipen, trank miteinander und erzählte sich gegenseitig aus dem Leben.

Am Abend desselben Tages, es mochte bereits weit nach 23 Uhr sein, sagte Carl Großmann dann: »So, Mädchen, und nu geh'n wir heim zu mir und machen noch einen drauf.« Marie, mittlerweile nicht mehr ganz sicher auf den Beinen, packte bereitwillig ihre Siebensachen zusammen und folgte dem Alten in die Dunkelheit.

Ein paar Stunden mochten vergangen sein, da erschien eine dicke Frau auf der Polizeiwache 50. »Herr Wachtmeister, Herr Wachtmeister, Sie müssen sofort kommen! Beim ollen Großmann wird jemand totgemacht!« Die Frau hatte lediglich eine Kittelschürze übers Nachthemd geworfen und war in Panik auf das Revier gelaufen. Der Lärm, das Poltern, die Schreie aus Carl Großmanns Wohnung hatten diesmal sogar die polizeischeuen Nachbarn aufgeschreckt. Was zu viel war, war zu viel!

Zwei Polizisten schnallten ihr Koppel um und liefen hinter der Frau her zur Langen Straße 88. Als sie vor der Wohnungstür im zweiten Stock standen, herrschte drinnen unheimliche Stille. »Aufmachen, Polizei!«, riefen die beiden Männer und hämmerten gegen die Tür. Da sich nichts rührte, warfen sie sich mit der Schulter dagegen, bis die Tür schließlich aufsprang. Was sie sahen, verschlug ihnen den Atem: Da beugte sich der hässliche Alte – er war nackt – über das eiserne Bettgestell in einer Ecke seiner schäbigen Wohnküche. Darauf lag eine gleichfalls nackte junge Frau, deren Hände über ihrem Kopf an die Bettpfosten gefesselt und deren Füße mit einem Kälberstrick zusammengebunden waren. Sie blutete am ganzen Körper aus zahlreichen Stichwunden und sah furchtbar zugerichtet aus.

Die Frau war bewusstlos. In dem schmuddeligen, stinkenden Raum brannte lediglich eine schwache Glühbirne. Carl Großmann fuhr hoch, wie von einer Tarantel gestochen. Als er die Uniformierten gewahrte, hob er seine blutverschmierten Hände. »Ich hab ihr nichts getan, ich hab sie so gefunden«, stammelte er und versuchte, mit seinen nackten Füßen das lange Schlachtermesser auf dem Boden unter das Bett zu schieben.

Einer der Polizisten stieß Großmann kurzerhand beiseite, trat an das Bett heran und band die gefesselte Frau los. Sie schlug noch einmal kurz die Augen auf, es war ein erlöschender, schrecklicher Blick, dann sackte ihr Kopf nach vorne und – sie war tot.

»Ziehen Sie sich an!«, befahl der zweite Polizist Großmann und wandte sich angeekelt ab. Selten hatte er einen derart zugerichteten Frauenkörper gesehen. Den beiden Männern war klar, dass sie einen guten Fang gemacht hatten. Der Alte musste der so lange gesuchte unheimliche Frauenmörder von Berlin sein! Seit mindestens 1918 trieb er sein Unwesen, denn seit dieser Zeit waren 23 zerstückelte Frauenleichen in Kanälen, Abfallkörben und auf Parkbänken rund um den Schlesischen Bahnhof gefunden worden; allein 1921 waren es zwölf.

Kein Mensch hätte den »Wurstmaxe« mit diesen Verbrechen in Verbindung gebracht. Dabei hätte das für einen Kriminalisten recht naheliegend sein können, denn schließlich meldete Großmann der Polizei alle paar Wochen das Verschwinden einer Frau.

Als die Polizisten den alten Mann vom zweiten Stock des Mietshauses hinunterführten, standen die Nachbarn in den Wohnungstüren und schrien: »Schlagt ihn tot, den dreckigen Bock, oder hängt ihn auf!«

Auf dem Polizeipräsidium am Alexanderplatz wurde Großmann eingehend vernommen, doch zunächst leugnete er hartnäckig. Da hatte einer der Polizisten eine Idee. »Gut, Großmann«, sagte er barsch. »Wir werden erst mal den Vogel aus deiner Wohnung holen. Ich fürchte, den müssen wir totmachen, jetzt, wo sein Besitzer hinter schwedischen Gardinen sitzt.«

Als der Alte das hörte, kam Leben in ihn. »Bloß nicht«, schrie er ängstlich. »Ich will alles sagen, wenn ihr mir meinen Hänseken bringt und ihm nichts tut.«

In der Folge gestand er, Marie Nitsch ermordet zu haben, versuchte aber, sich auf eine Tat im Affekt herauszureden. »Als sie mich beklauen wollte, hat mich die Wut gepackt, dann war sie plötzlich tot«, murmelte er.

Die Polizisten bohrten nach; sie wollten in Erfahrung bringen, wie viele Frauen er getötet hatte. Da entrüstete sich der schreckliche Alte: »Sie war die Einzige, auf Ehre und Gewissen.« Doch schon kurze Zeit später gab er zu: »Na ja, es waren im ganzen Stücker drei, höchstens fünfe.« Von noch mehr Opfern wollte er aber nichts wissen.

Nun ging man daran, die Wohnung des mutmaßlichen Serienmörders gründlich zu durchsuchen. Dabei entdeckte man hinter dem Ofen in der Küche ein Notizbuch. Es enthielt insgesamt dreißig Frauennamen, und zu jedem hatte Großmann in holprigem Deutsch und mit zahlreichen Fehlern geschrieben, was er mit der Frau angestellt hatte. Aus den Eintragungen ergab sich, dass es immer gleich anfing: Carl Großmann suchte sich seine Opfer auf der Straße und in Kaschemmen: unerfahrene Mädchen vom Lande, Prostituierte und Frauen, die gerade aus dem Gefängnis entlassen worden waren. Dann bot er ihnen eine Stelle als Wirtschafterin bei sich zu Hause an. Sobald sie in seiner Wohnung waren, machte er sie betrunken, schlug sie nieder, entkleidete und fesselte sie. Furchtbare Szenen müssen sich da abgespielt haben: Manchmal zerstückelte er seine Opfer bei lebendigem Leibe. Die Körperteile verbrannte er oder warf sie einfach weg.

Großmanns »Vorgeschichte« konnte weitgehend dokumentiert werden. Carl Friedrich Wilhelm, wie er mit vollem Namen hieß (auf die Schreibweise seines Hauptvornamens mit »C« legte er zeitlebens größten Wert), wurde am 13. Dezember 1863 als gemeinsames Kind des Lumpensammlers Carl Großmann und dessen Ehefrau Sophie, geborene Brüssel, in der Fontanestadt Neuruppin geboren. Er wuchs in einem armen Haushalt mit sechs Geschwistern auf und war häufig roher Gewalt, auch seitens seiner Geschwister, ausgesetzt. Der Vater war Lumpensammler und für seine Familie unerträglich, wenn er getrunken hatte. Der junge Carl, kein gut aussehender und wohlriechender Junge, wurde von anderen Kindern gemieden, nur die Ziegen nahmen ihn so an, wie er war. Sie wurden seine Freunde, und so wurde Carl schnell zum »Zicken-Carl«. Die einzige Freude seines Lebens war offenbar Sex, und sein Trieb war stark. Im Laufe seines Lebens entwickelte er äußerst ungewöhnliche und zur damaligen Zeit abartig genannte sexuelle Wünsche.

Der Fall schien klar, die Mordserie vom Schlesischen Bahnhof galt als aufgeklärt, und so wurde Großmann vor Gericht gestellt. Als seine Lage immer aussichtsloser wurde (einige Ermittler gingen davon aus, dass er bis zu hundert Mordtaten begangen hatte), erhängte er sich in seiner Zelle – drei Tage vor der Urteilsverkündung, genau an seinem sechzigsten Geburtstag, dem 13. Juli 1922.

Als Abschiedsbrief hinterließ er einen Zettel, auf dem stand: »Sorgt gut für meinen Hänseken.« Der Vogelkäfig mit dem Zeisig hing noch zwei Jahre im Aufnahmebüro des Moabiter Untersuchungsgefängnisses, dann ging Hänseken ein.

Mord aus Hörigkeit

Der Fall Just (1923)

Am 26. Februar 1923 machte ein Maschinist der Berliner Mühlendammschleuse einen grausigen Fund: Aus dem Treibeis, das die Spree vor dem Schleusenwehr aufgestaut hatte, fischte er ein Paket, das einen menschlichen Rumpf enthielt. Kopf, Arme und Beine fehlten. Kopf und Arme hatte man offenbar mit einem Beil abgetrennt; der Unterleib musste – nach der Schnittfläche an der Wirbelsäule zu urteilen – abgesägt worden sein.

Anfangs vermutete man, ein anatomisches Präparat vor sich zu haben. Doch rasch schloss der gerichtliche Befund diese Annahme aus. Alles sprach dafür, dass hier ein Verbrechen begangen worden war.

Die chemische Untersuchung ergab, dass sich die konservierenden Mittel Formaldehyd und Ameisensäure in den einzelnen Leichenteilen befanden. In der Speiseröhre, die Spuren von Säureätzung aufwies, fanden sich Zahnstücke. Dies ließ den Rückschluss zu, dass der Tod aller Wahrscheinlichkeit nach durch einen wuchtigen Schlag mit einem stumpfen Gegenstand auf den Kopf verursacht wurde. Der oder die Ermordete – das Geschlecht ließ sich nicht feststellen – musste noch geschluckt und so die ausgeschlagenen Zahnteile in die Speiseröhre befördert haben; die Schluckbewegung hatte aber nicht mehr ausgereicht, um sie in den Magen zu transportieren.

Bei oberflächlicher Besichtigung hätte man den Torso für den eines älteren Knaben oder Mädchens halten können. Doch das frische Aussehen des Körpers war wohl auf die Konservierungsmittel und die längere Lagerung im Eiswasser zurückzuführen. Sowohl Beschaffenheit der Gewebeteile als auch Zahnbefund legten die Vermutung nahe, dass es sich um eine Person relativ hohen Alters handeln musste.

Der Reichswasserschutz suchte auf Veranlassung der Kripo die Spree im Umkreis der Fundstelle sorgfältig ab, konnte jedoch keine weiteren Leichenteile bergen.

Die Mordkommission »Mühlendamm« stand bei diesem Kapitalverbrechen einer schwierigen Aufgabe gegenüber. Der Tatort war ungeklärt, und so kam es vor allem darauf an, Aufmerksamkeit und tätige Mithilfe der Öffentlichkeit zu erlangen.

Den wesentlichsten Angriffspunkt für die Fahndung nach dem Täter gab das Verpackungsmaterial. Der Rumpf war in einen schäbigen braunen Wollportierenschal mit Kurbelstickerei, eine Decke aus Chenille und ein Stück fahlblauen Stoff eingehüllt. Das Paket war mit Bindfaden umschnürt und wurde von drei Sicherheitsnadeln zusammengehalten.

Die Teile der Verpackung wurden in der Folge nicht nur im Leichenschauhaus und im Polizeipräsidium ausgestellt, sondern außerdem in dem Schaufenster einer großen Möbelhandlung am Alexanderplatz. Man wollte sie so der Öffentlichkeit des Stadtteils, in dem man der Fundstelle nach Täter und Opfer suchen musste, recht augenfällig nahebringen.

Bereits am ersten Tag staute sich die Menge vor dem Schaufenster. Die Schutzpolizei musste eingreifen, und am Abend verlangte der Inhaber energisch die Entfernung der Gegenstände, da das lebhafte Interesse der Schaulustigen seinen Geschäftsbetrieb gefährde. Der neuartige und erfolgversprechende Weg führte jedoch schon an diesem einen Tag zu zahlreichen Anzeigen aus der Öffentlichkeit über die mögliche Herkunft der Sachen. Leider hielt keiner der Hinweise einer genaueren Überprüfung stand.

Aus dem Wust der sonstigen Erkenntnisse zur Tat erschienen zwei Spuren bemerkenswert: An der Waisenbrücke, unweit der Fundstelle, hatten mehrere Prostituierte einen jungen Mann, der sich scheu und auffällig benahm, ein Paket ins Wasser werfen sehen. Die Suche nach diesem jungen Mann, dessen Beschreibung veröffentlicht wurde, blieb jedoch vorerst ohne Erfolg. Außerdem sagten zwei glaubwürdige Männer aus, sie hätten eine Woche vor dem Fundtag spät abends in der Nähe der Spree zwei Leute – »wahrscheinlich Juden« – gesehen, die einen schweren Korb trugen, aus dem so etwas wie eine Hand heraushing. Als sie die beiden verfolgten, seien diese in dem Hause Mulackstraße 5 – einem berüchtigten Ausländerwohnhaus – verschwunden.

Mulackstraße 5? Dieser Block verfügte über zehn bis zwölf Eingänge, fünf bis sechs Einfahrten mit zwanzig Aufgängen. Die Polizei horchte auf. Das war ja der ideale Schlupfwinkel für alle, die die Polizei aus irgendeinem Grunde scheuten und sich gegebenenfalls in Sicherheit zu bringen hatten. Vorwiegend Russen, Galizier und Polen wohnten dort und waren schwer zu kontrollieren. Eine alsbald durchgeführte Razzia brachte jedoch kein brauchbares Ergebnis. Zwar entdeckte man in den meist vor Schmutz starrenden Wohnungen ein ungeheures Hamsterlager, auch gefälschte Pässe und abgelaufene Aufenthaltsbewilligungen – doch Anhaltspunkte für den Mord fanden sich nicht.

Auch mit Hilfe des Zahnbefundes, der auf eine erfolgte Plombenbehandlung hindeutete, versuchte man, das Opfer zu identifizieren. Detaillierte Veröffentlichungen in Wort und Bild erfolgten in den wichtigsten zahnärztlichen Fachzeitschriften; Vermisstenanzeigen wurden überaus sorgfältig studiert.

Nach mehr als einem Monat wurde der Mordkommission dann Anfang April die Anzeige einer gewissen Minna Stäblein vorgelegt. Die Frau hatte sich an die Vermisstenzentrale gewandt, um nach dem Verbleib der Portierfrau ihres Hauses zu forschen. Minna Stäblein wurde vorgeladen. Man zeigte ihr die zur Verpackung benutzten Stücke. Da stutzte die Frau, denn den ausgeblichenen blauen Stoff wollte sie schon einmal in nächster Nähe verarbeitet gesehen haben.

Nun verhörte man Frau Stäblein und erfuhr folgende Details: Bereits seit dem 19. Februar hatte keiner der Bewohner des Hauses in der Brückenstraße die etwa sechzigjährige Portierfrau Röchling zu Gesicht bekommen. Auf dem Polizeirevier wurde sie schließlich als »Unbekannt verzogen« abgemeldet. Ihre Wohnung wurde eines Tages ausgeräumt, die Wohnungsschlüssel hingen danach an einem Nagel außen neben der Korridortür. Niemand hatte die alte Frau bei ihrem Umzug beobachtet. Lautlos, ja spurlos sei sie aus dem Hause verschwunden. Die Mieter hatten ihrem Verschwinden zunächst keine große Bedeutung beigemessen. Sie hatte mit dem Verwalter Streit gehabt, er hatte die Räumungsklage gegen sie angestrengt, und sie war zum Auszug bis zum 1. April verurteilt worden. So konnte man annehmen, dass sie es vorgezogen hatte, vielleicht um der Erhebung der Gerichtskosten zu entgehen, schon vor dem Termin bei Nacht und Nebel zu »rücken«. Auch erzählte man sich, sie hätte bereits seit längerer Zeit aus Furcht vor einer Pfändung einen Teil ihrer Wohnungseinrichtung bei ihrer Freundin Mathilde Ladestock untergestellt.

Diese Mathilde Ladestock – eine Kriegerwitwe – wohnte noch bis zum 1. März des gleichen Jahres mit ihrem Geliebten und dem der Verbindung entsprossenen kleinen Sohn Horst im Hause. Minna Stäblein hatte nun so mancherlei Beobachtungen gemacht. Und genau diese veranlassten sie, das Verschwinden der Portierfrau in den Gesprächen auf Treppe und Flur nicht in Vergessenheit geraten zu lassen.

Sie selbst hatte mit der Verschwundenen nur immer mal wieder im Vorübergehen ein paar Worte gewechselt und war ein- oder zweimal in ihrer Wohnung gewesen. Denn die alte Frau Röchling lebte im Allgemeinen sehr zurückgezogen. Nur bei ihrer Freundin war sie ein- und ausgegangen. Dort pflegte sie sich sogar mehr aufzuhalten als in ihrer eigenen Wohnung. Sie hatte für den kleinen Horst die Wäsche gewaschen, ihm einmal sogar ein blaues Kleidchen genäht, und auch sonst mochten diese Leute so manche Zuwendung von ihr erhalten haben, so nahm Minna Stäblein es an. Das Stoff des Kleidchens, so erzählte sie nun der Polizei, sei derselbe, wie der bei der Leiche gefundene.

Minna Stäblein hatte es indes stutzig gemacht, dass diese einzige Vertraute der Röchling nicht wissen wollte, wo die alte Frau geblieben war? So fragte sie schließlich eines Tages Frau Ladestock geradeheraus, ob sie denn von dem Umzug ihrer alten Freundin gar nichts bemerkt habe. Darauf erwiderte diese, dass es nur gut sei, dass wenigstens der Verwalter den Auszug der Portierfrau beobachtet habe. Die gründliche Minna Stäblein versäumte nicht, sich umgehend beim Verwalter zu erkundigen – der aber hatte weder den Umzug beobachtet noch jemals etwas Derartiges behauptet.

Nun wurde die Nachbarin noch misstrauischer. Sie beobachtete ganz genau, was für Sachen die Frau Ladestock bei ihrem Umzug nach draußen schaffte. Und das war eine ganze Menge. Dabei erkannte sie deutlich, dass sich darunter die Kommode und das Vertiko der Portierfrau befanden.

Nach der Aussage Minna Stäbleins, nahm die Polizei die Ermittlungen in Richtung der vermissten Frau Röchling auf. Ihre Wohnung war inzwischen von der neuen Portierfrau bezogen worden; die ehemalige Wohnung der Mathilde Ladestock bewohnte ein Tauschmieter. Eine eingehende Untersuchung der Räume ergab nicht viel Verdächtiges. Die neuen Mieter hatten allerdings schon gründlich gescheuert. Nur an der im Übrigen nicht sehr sauberen Tapetenwand der Ladestock'schen Stube fanden sich einige Flecke, die wie kleine Blutspritzer aussahen. Die ausgeschnittenen Tapetenteile wurden einem Sachverständigen zur Begutachtung übergeben.

Schließlich wurden Mathilde Ladestock und ihr Liebhaber festgenommen. Beide waren ganz erstaunt und gaben vor, sich den Grund der Verhaftung nicht erklären zu können. Eine Kellerwohnung in der Reichenberger Straße war ihre neue Behausung. Dem Kriminalkommissar trat eine hochschwangere Frau entgegen, die auf alle Fragen dreist und unbekümmert antwortete. Der Liebhaber, ein gebürtiger Russe namens Just, brachte dagegen kaum ein Wort hervor. Der stier dreinblickende, ungeschlachte Mensch schien ganz unter dem Einfluss der viel beweglicheren Frau zu stehen.

In der Wohnung befanden sich außer dem kleinen Horst und einem etwas beschränkt wirkenden Schulmädchen, das nachmittags zur Wartung des Jungen erschien, noch Schwester und Schwager der Frau. Auch sie wurden wegen Verdunkelungsgefahr vorübergehend in Gewahrsam genommen, nachdem sich aber ihre völlige Unbeteiligtheit herausstellte, wieder freigelassen.

Die verhältnismäßig gut möblierte Wohnung machte einen Eindruck, der mit den Bekundungen der früheren Nachbarn, Frau Ladestocks Einrichtung habe nicht einmal die allernötigsten Stücke aufzuweisen gehabt, wenig zusammenpasste, noch dazu, da diese behauptete, die Möbel schon lange zu besitzen. Nur einige wenige Sachen habe sie vor Monaten von ihrer Rente aus einem Nachlass gekauft.

Auf die Frage nach dem Verbleib der Frau Röchling versicherte Mathilde Ladestock, vielsagend vor sich hin lachend, dass dieselbe wohl demnächst schon wieder auftauchen würde. Ihr Mann habe sie erst kürzlich in der Friedrichstadt getroffen. Sie sei bei einem Arzt als Wirtschafterin und wolle noch vorläufig in ihrer Verborgenheit bleiben. Vor Jahren sei sie in eine Diebstahlsaffäre verwickelt gewesen und habe zwei junge Leute durch ihre Aussage belastet. Da diese jetzt aus dem Gefängnis zur Entlassung kämen, befürchte die alte Frau deren Rache. Diese Erklärung klang alles andere als glaubhaft.

Die Unwahrheit der Behauptungen der Mathilde Ladestock bezüglich ihrer Wohnungseinrichtung konnte schnell festgestellt werden. Die herbeigeholten Zeugen aus der Brückenstraße erkannten in den meisten Einrichtungsgegenständen das Eigentum der Frau Röchling wieder. Auch die frisch überlackierten Küchenmöbel stammten überwiegend aus der Hinterlassenschaft der Verschwundenen.

Doch es fanden sich auch Wäschestücke und Kleider der alten Frau. Eine Nähmaschine, einen Wintermantel und Scheibengardinen von ihr hatte Mathilde Ladestock – wie man ermitteln konnte – inzwischen verkauft. Das Kittelkleid des kleinen Horst war übrigens – wie ein durch Sachverständige vorgenommener Vergleich zweifelsfrei ergab – aus demselben Material wie der durch das Liegen im Wasser ausgeblichene Stofflappen.

Die Polizei machte einen weiteren bedeutsamen Fund: Bei genauer Durchsicht der Röchling'schen Gegenstände förderte man eine Decke zutage, die die gleiche Bandeinfassung aufwies wie diejenige, die zum Verpacken des Rumpfes verwendet worden war. Mathilde Ladestock, die trotzdem jede Beteiligung am Verschwinden der alten Frau hartnäckig leugnete, wurde mit Rücksicht auf ihre fortgeschrittene Schwangerschaft dem Frauengefängnis in der Barnimstraße überwiesen.

Inzwischen konnte festgestellt werden, dass die Spritzflecke an der Zimmerwand der Ladestock'schen Wohnung tatsächlich von Menschenblut herrührten; ebenso entdeckte man winzige Spuren von Menschenblut am Griff eines Küchenmessers und an einer Schürze der Frau Ladestock. Nun erfuhren die Ermittler auch, dass die Mieter über der Wohnung in der fraglichen Zeit nach dem 19. Februar spät in der Nacht und früh am Morgen ein anhaltendes Geräusch gehört haben wollten, das wie Hacken oder Sägen klang. Andere Nachbarn behaupteten, tagelang einen aus der Wohnung strömenden sonderbaren Geruch wahrgenommen zu haben.

Unter der Wucht des Belastungsmaterials brach der Russe schließlich zusammen und gab sein nutzloses Leugnen auf. Einmal dem Einfluss der ihn vollständig beherrschenden Frau entrückt, gestand er stockend, gemeinsam mit seiner Geliebten die alte Frau Röchling erschlagen zu haben. Als Mathilde Ladestock bei der Gegenüberstellung versuchte, ihn der Lüge zu bezichtigen und sich selbst als unschuldig hinzustellen, war er in seiner Entrüstung umso mehr bereit, schonungslos die Wahrheit zu sagen. Und so berichtete er in seiner unbeholfenen Art ausführlich – in immer neuen Verhören seine Aussagen ergänzend und ängstlich darum bemüht, Irrtümer seines Gedächtnisses, die ihm unterliefen, richtigzustellen –, wie die Frau ihm seit Wochen immer wieder hartnäckig zugesetzt habe, die Alte aus der Welt zu schaffen, bis es endlich zu dem schrecklichen Verbrechen gekommen sei.

Eine nochmalige sachverständige Prüfung der Wohnung auf Tatspuren – die sich bis auf die Dielenritzen und die Aschereste in Herd und Ofen erstreckte –, neue eingehende Zeugenvernehmungen, Vergleiche mit dem Obduktionsbefund ergänzten das Bild des Tatbestandes, der in seinen Einzelheiten zu dem Grausigsten gehört, was die Berliner Kriminalgeschichte der 1920er Jahre aufzuweisen hat.

Im Laufe der Untersuchung fanden auch die bei der Obduktion ungeklärt gebliebenen Erscheinungen ihre Aufklärung. Der Rumpf war, wie die übrigen nicht aufgefundenen Teile der Leiche, gekocht worden. Das Vorhandensein bestimmter konservierend wirkender Säuren sowie die leichte Verätzung der Speiseröhre hatten ihre Ursache darin, dass vor dem tödlichen Schlag auf den Kopf bereits ein Vergiftungsversuch an dem Opfer unternommen worden war – wenn auch mit unzulänglichen und wenig wirksamen Mitteln, die diese Bestandteile enthielten.

Langsam formte sich für die Ermittlungsbeamten ein klares Bild. Mathilde Ladestock hatte mit ihrem Geliebten, dem Russen Just, und dem kleinen Horst im ersten Stock jener Berliner Mietskaserne in der Brückenstraße gehaust. Die Wohnung bestand aus Stube und Küche und war fast so kahl wie Hof und Treppenflur. In der Küche gab es einen alten Küchenschrank, an dem die Glasscheiben fehlten, einen wackligen Tisch, einen Stuhl. Auf dem Herd stand kaum ein brauchbarer Topf. Das war alles. Die Stube war noch leerer. Ein altes Holzbett mit zerrissener Matratze in der Fensterecke, ein Kinderbett an der Ofenwand, und mitten im Zimmer stand ein Kinderwagen, der der alten Frau Röchling gehörte. Ein Paneelbrett mit nützlichen und unbrauchbaren Dingen bildete den einzigen Blickfang.

Die Bekanntschaft Mathilde Ladestocks mit der Frau Röchling datierte aus einer Zeit, in der es ihnen beiden noch besser ging, wenn auch auf der Grundlage eines anrüchigen und fadenscheinigen Glanzes. Nach der ersten Bekanntschaft in Unterweltkreisen hatten sie sich nach Jahren wiedergetroffen. Das Wissen um die gemeinsame Vergangenheit, vielleicht auch noch ein besonderes Geheimnis, schweißte die beiden Frauen sichtbar zusammen.

Wechselte die eine in den anschließenden Jahren ihre Wohnung, folgte die andere ihr innerhalb kurzer Zeit nach. Besonders die Alte schien an der Jüngeren zu kleben. Mitunter fühlte Mathilde Ladestock den unbezähmbaren Drang, sie einfach abzuschütteln. Vornehmlich weil die Alte mit der Zeit auch zu einer Quelle andauernden Unfriedens in ihrem Zusammenleben mit dem drei Jahre jüngeren Russen wurde. Denn dieser glaubte, die Röchling würde auch von seinem Gelde leben.

Mathilde Ladestock, jetzt Mitte dreißig, hatte Just, den Kohlenpresser, »den schmutzigen Proleten«, wie ihn die Alte ihr gegenüber höhnisch nannte, vor ungefähr vier Jahren kennengelernt, als sie noch Fahrstuhlführerin im Spreehof gewesen war. Sie war mit ihm zusammengezogen, obwohl sie wusste, dass er verheiratet und Vater mehrerer Kinder war, von denen allerdings nur noch ein Sohn lebte. Seine Frau hatte ihn mit dem Kind verlassen und war irgendwo auf dem Lande bei Verwandten untergekommen.

Auch was Mathilde Ladestock sonst noch über Just hörte und allmählich am eigenen Leibe erfuhr: seine

Dummheit, Unzuverlässigkeit und Rohheit, ließ ihr das Leben an seiner Seite in keinem rosigen Licht erscheinen. Trotzdem hielt sie zu ihm. Ob freiwillig oder von ihm gezwungen, ob aus Gewohnheit oder aus Furcht vor der Einsamkeit – jedenfalls war allen klar, dass sie dem Analphabeten geistig weit überlegen war und ihn trotz seiner Gewalttätigkeit immer dann lenken konnte, wenn sie es klug genug anstellte.

Im nüchternen Zustand zeigte der Mann eine fügsame, dumpfe Gutmütigkeit. Jedes Mal aber, wenn Just nach Hause kam und die Alte dort wieder hocken sah, packte ihn eine sinnlose Wut. Er nahm, was ihm in die Finger kam, und warf den Gegenstand mit lautem Krachen an die Wand; kaum war noch Geschirr vorhanden. Dann machte er kehrt, um erst spät nachts wieder heimzukommen.

Warum konnte die Frau das »alte Aas« nicht hinauswerfen? Was wollte sie hier den ganzen Tag in seiner Wohnung? Mit seiner Frau Zigaretten rauchen, mit dem Kind schöntun! Die sollte seinen Jungen nicht anfassen! In dumpfem Trieb nach völliger Beherrschung der Frau, deren hinterhältige Ungreifbarkeit selbst sein schwerfälliges Hirn irgendwie zu spüren schien, ärgerte ihn die bloße Anwesenheit dieser alten Person, die von früher her mit ihr vertraut war und an ihr klebte wie ein nicht mehr abzuschüttelndes Ungeziefer.

Mathildes Beschwichtigungsversuche, dass die Alte ja dem Kleinen nur Gutes tue, dass sie Geld und Sachen hinter sich habe, drangen nicht bis in sein Bewusstsein. Berechnung war seiner Natur fremd; jedes Denken war für ihn eine ungewohnte Anstrengung. Er hatte nicht

Deutsch lesen oder schreiben gelernt, wenn er eine Unterschrift leisten musste, machte er nur drei Kreuze. Er horchte auf den Ausbruch aus seinem Innern und verließ sich auf seine rohe Faust. Schwer ging etwas ein in diesen plumpen Schädel; was sich aber einmal festgesetzt hatte, war nicht wieder herauszubringen.

Er betrank sich immer häufiger, trieb sich mit den Mädchen aus seiner Galvanowerkstatt herum, denen er sein Leid klagte, das er selbst nicht verstand. Nach jeder Lohnzahlung trug er das Geld in die Kneipen. Nachts hörten ihn die Hausbewohner dann lärmend die Treppe heraufpoltern, und häufig gab es drinnen ein wüstes Nachspiel.

Just war ein tüchtiger Arbeiter, der im Akkord gut verdiente; Mathilde Ladestock hatte ihre Kriegsrente; trotzdem kamen sie aus dem elenden Zuhause, demselben kümmerlichen Leben nicht heraus. Und jetzt erwartete sie noch dazu das zweite Kind.

Die Behausung wurde etwas wohnlicher, als Frau Röchling nach ihrem Streit mit dem Verwalter ihre Sachen dort unterstellte. Nun brauchte sie nicht mehr, wenn sie tagsüber von ihrer Wohnung im zweiten Stock herunterkam, auf der umgestülpten Kiste zu sitzen, sondern konnte es sich auf ihrem eigenen, zwar etwas niedergesessenen, aber gewohnten Sofa bequem machen. Auch die Beziehungen der drei Menschen veränderte sich, nachdem Frau Röchlings Sachen in der Wohnung standen. Mathilde hatte sich bald Nachschlüssel zum Schrank und der Kommode der Alten besorgt; er musste ihr die Schlüssel nachfeilen. Auch den großen Reisekorb hatte sie geöffnet. Sie stimmte jetzt wütend mit ein, wenn der Mann über das Dahocken der

Freundin schimpfte, und sie klagte ihm, wie lästig ihr die Alte sei und wie gern sie sie endlich los wäre. Und eines Nachts flüsterte sie – es klang nur so vor sich hin geseufzt: »Ach, wenn doch die Röchling sterben würde!«

Dann aber wurde sie deutlich. Sie machte ihm allen Ernstes den Vorschlag, die alte Frau umzubringen. Er sollte sie sonntags mit hinausnehmen an den Zeuthener See, wohin er manchmal zum Angeln fuhr, unter dem Vorwand, dass sie Holz sammeln wollten. Dort sollte er sie bei sich bietender Gelegenheit ins Wasser stoßen. Just ging auf diese unsinnigen Vorschläge nicht ein; so wurde sie immer drängender und es folgten Beschwörungen und Schimpfreden wie »Du bist kein Mann, du bist ein Waschlappen!«

Einmal zeigte sie ihm beim Nachhausekommen das Beil, das sie auf dem Herd bereitgelegt hatte, sorglich zugedeckt und einen Scheuerlappen darunter gebreitet, um das Klirren beim Aufnehmen zu vermeiden. Frau Röchling sollte gleich herunterkommen. »Heute muss es passieren!«, bedrängte sie ihn. Er sträubte sich, wurde wütend, schlug sie.

Täglich wiederholten sich die Szenen. Wieder floh er das Haus, beklagte sich bitter bei Kollegen und Kolleginnen, dass ihm »Seine« so zusetze. Eines Tages, während die Verhasste mit den Beiden am Tisch saß, sah die Haferflockensuppe nicht so aus wie immer, wenigstens die auf dem Teller der Alten. Die Ladestock meinte selber, dass sie heute nicht schmecke, und die Röchling stocherte lange mit dem Löffel in der Suppe herum, bis sie sie hinuntergeschluckt hatte. Dann klagte sie über Übelkeit, wollte rasch hinauf in ihre Wohnung und sich hinlegen.

Als sie gegangen war, lachte die Ladestock hinter ihr her; sie hoffte, dass die Alte nach diesem Teller Suppe so gut schlief, dass sie nie mehr aufwachte. Zwanzig Aspirintabletten hatte sie in die Suppe auf dem Teller der Alten hineingetan!

Nun galt es abzuwarten. Doch anderntags erschien die Röchling wie gewöhnlich. Zwar fühlte sie sich noch etwas benommen, doch ging es ihr insgesamt schon wieder ganz gut. Und während Mathilde Just immer wieder in den Ohren lag, »es« doch endlich zu tun, und er, der die lästige Alte hasste, nun schon zu ihrem Verteidiger geworden war, kam jener Vormittag, an dem diese entdeckte, dass jemand an ihren Sachen gewesen war. Außer sich vor Wut schrie sie die Frau an, dass sie sie bestohlen habe. Diese ließ mittags in der Werkstatt anrufen, um Just nach Hause zu holen, »die Entbindung geht los«.

Doch bereits vor der Tür seiner Werkstatt traf er auf Frau Röchling, die ihm mit Anzeige drohte. Er beschwichtigte sie, während er mit ihr nach Hause ging und versprach, alles zu ersetzen. Dort erst stellte er fest, dass die Sache mit der Entbindung ein Vorwand gewesen war, und nun geriet er plötzlich außer sich. Noch während die Alte sich über den Koffer beugte und ihre Wäschestücke durchzählte, sah er, wie Mathilde die Eisenstange, die zum Verschluss des Koffers gedient hatte, zur Hand nahm und auf die gebückt Dastehende einschlagen wollte. Er entwand ihren Händen die Stange und stieß seine Geliebte brüsk beiseite, ohne dass die Röchling etwas davon mitbekam.

Just pflichtete der Alten in ihrer Entrüstung bei und gab auch zu verstehen, dass er seine Geliebte schon für ihre

Niedertracht geprügelt hätte. Er vereinbarte mit der Alten eine Summe als Entschädigung, die er ihr noch am selben Tage aushändigen wolle; denn er habe eine Überstundennachzahlung zu erwarten.

Er musste noch einmal fort, um das Geld abzuholen. Mathilde war empört. »Nie soll die das Geld kriegen! Es ist höchste Zeit, dass wir sie uns endlich vom Halse schaffen!«

Wieder redete sie auf Just ein, wie die Alte sie schon immer mit Drohungen verfolgt und Geld aus ihr herausgepresst habe. Wie sie jetzt die Gelegenheit benutzen und überall von dem Diebstahl erzählen würde. Mit Schimpf und Schande würden sie alle bedeckt werden. Auf den kleinen Horst würde man mit Fingern zeigen. Außerdem: Die schönen Möbel, die könnte er nun heute Abend selber wieder hinauftragen! Und ob er etwa glaube, dass diese Blutsaugerin sie von nun an ungestört lassen würde? Morgen früh würde sie schon wieder da sein; den Wohnungsschlüssel hatte sie ja noch. Sein ganzes Leben könnte er sie an seinem Tisch hocken sehen. Aber es wäre ja alles seine eigene Schuld! – Und wieder fing sie an zu weinen.

Mürbe und innerlich zerrissen ging Just in die Werkstatt, um das ihm zustehende Geld zu holen. Als sie dort nach der Entbindung fragten, machte er verlegen Ausflüchte. Dann ging er mit dem Werkstattmeister und zwei jungen Werkstattschreiberinnen in mehrere Lokale und hielt sie frei. Vor sich hinbrütend saß er da, legte den schweren Kopf auf den Tisch, mochte heulen. Mitleidig erkundigten sich die Mädchen nach seinem Katzenjammer. Wieder klagte er, dass seine Frau ihm so sehr zusetze, womit, sagte er nicht.

Schließlich wollten die anderen nicht mehr weiter. Auf dem Weg nach Hause kehrte Just noch allein in eine Kneipe ein, dann war alles Geld verbraucht. Verdrossen kam er zu Hause an und schob sich die Treppe hinauf, eine Stufe nach der anderen. Drinnen fand er indes den allerfreundlichsten Empfang. Mathilde bemühte sich um ihn, zog ihm die Schuhe von den Füßen. »Wenn du mich lieb hast, muss es heute passieren!«, flüsterte sie dem Betrunkenen zu.

Sie ging hinunter und holte ihm aus der Kneipe einen »Landwehrtopp«, einen Liter Bier, in den man ein paar Cognacs hineinschüttete. Als er das hinuntergestürzt hatte, forderte er mehr und Mathilde ging ein zweites Mal. Es nützte nichts, Just wurde immer nüchterner. Drüben in dem großen Bett schlief der Junge.

In diesem Moment kam die Alte herein. Just stieß an die Kante des Beils, das, unter einem Tuche verdeckt, neben ihm in der Sofaecke lag. »Kommen Sie, Frau Röchling, ich helfe Ihnen die Möbel rauftragen!«, brummte er. Fast schwanden ihm die Sinne, als er sich schwerfällig hochzog. Doch dann ergriff ihn plötzlich Wut, und er erfasste das Beil.

Hart sauste es nieder auf die ahnungslose Frau. Während sie umsank – ohne einen Laut von sich zu geben –, schlug er noch einmal zu mit voller Wucht. Als seine Geliebte aus der Küche herbeieilte, fand sie den Mann in sich zusammengesunken: »So, nun habe ich mich unglücklich gemacht!«

Sie schüttelte ihn: »Sei nicht schlapp und kein Waschweib! Auf mich kannst du dich verlassen. Ich werde die Leiche schon wegschaffen.«

Beide fassten an und schleppten den Körper in die Küche.

»Ich kann meinem Kind nicht mehr in die Augen sehen«, sagte er.

»Du bist verrückt«, erwiderte sie.

Die Leiche musste aus dem Haus. So konnten sie sie nicht wegschaffen. Mathilde legte eine Säge und ein großes Küchenmesser bereit. Lautlos arbeiteten sie, drei, vier, fünf Stunden lang; kaum unterbrach ein geflüstertes Wort die fürchterliche Stille dieser Nacht. Wer ihre Schatten hinter den lumpenverhängten Fenstern hin und her huschen sah, ahnte nicht, welch grauenhaftes Werk dort verrichtet wurde. Und nebenan schlief das Kind seinen friedlichen Schlaf.

Als beinahe der Morgen graute, wischte Just die Küche. Es lagen, in alte Lappen gehüllt, zwei Pakete auf dem Tisch. Mathilde war bereits mit drei anderen Paketen unterwegs, um sie in die Spree zu werfen. Bis fast nach Treptow lief sie, ehe sie sich ihrer Last, die sie auf zwei Einholtaschen verteilt hatte, zu entledigen wagte. Das zweite Mal blieb sie nicht so lange weg. Es wurde schon langsam dämmrig, Arbeiter hasteten an ihr vorbei. Sie warf die Pakete an der Waisenbrücke ins Wasser.

In der nächsten Nacht holten die beiden heimlich die übrigen Habseligkeiten der alten Frau Röchling. Am Morgen darauf hingen die Schlüssel da. Die Gardinen waren abgenommen. Die Portierfrau war ausgezogen! Just versäumte am Tag nach dem Mord seine Arbeit. Finster und in sich gekehrt sahen ihn die Kollegen an den darauffolgenden Tagen. Aber das Trinken hatte er aufgegeben, seit die Alte verschwunden war.

Die Wohnung war getauscht. Just strich die Küchenmöbel frisch, damit war die letzte Erinnerung überwunden. Er fing an, unter den Kollegen mit seiner schönen Einrichtung zu prahlen. Schwester und Schwager kamen, um die neue Wohnung zu bewundern. In der Ecke spielte das Schulmädchen mit dem kleinen Horst, der ahnungslos sein blaues Kleidchen trug.

Dann endlich kam die Stunde der Vergeltung …

Mathilde Ladestock und ihr Geliebter Just, standen vor Gericht. Der erste Spruch der Geschworenen, der beide des gemeinsamen Mordes an der Portierfrau für schuldig erklärte und die Todesstrafe nach sich gezogen hätte, wurde von den Berufsrichtern des Schwurgerichts wegen »Irrtums zu Ungunsten der Angeklagten« aufgehoben.

In zweiter Schwurgerichtsverhandlung wurde Just unter Berücksichtigung seiner geistigen Minderwertigkeit wegen Totschlags zu sechs Jahren Zuchthaus verurteilt. Mathilde Ladestock erhielt wegen Mordversuchs, als den man die Aspirinvergiftung ansah, und Anstiftung zum Totschlag im ganzen neun Jahre Zuchthaus. Da man bei dem Manne auf Totschlag entschieden hatte, konnte man die Frau nach dem geltenden Recht nicht wegen Anstiftung zum Mord verurteilen.

Und so kam es zu einer Sühne, die im Prinzip keine war: Just wurde nach Verbüßung seiner Strafe als lästiger Ausländer ausgewiesen, Mathilde Ladestock im Jahre 1933 wieder unter Menschen entlassen.

Mord am Doppelgänger

Der Fall Alfons Bernini (1933)

Alfons Bernini war ein großer, schlanker und eleganter Mann mit blauschwarzem Haar und dunklen Augen. Er war genau der Typ, nach dem sich die Frauen unwillkürlich umsehen. Dennoch gab es in seinem Blick etwas, was einen beunruhigte, wenn man ihn näher ansah. Das Misstrauen war berechtigt, denn in den Akten des Berliner Polizeipräsidiums wurde er als internationaler Hochstapler geführt.

Im Jahr 1933 wurde Bernini aus dem Zuchthaus Brandenburg entlassen, wo er fünf Jahre wegen Falschmünzerei verbüßt hatte; zehn Vorstrafen wegen des Vertriebs von Falschgeld, wegen Betrug, Wechsel- und Urkundenfälschung waren vorausgegangen.

Kurz vor seiner Verhaftung hatte Bernini vierzigtausend Mark Falschgeld in echte Noten umgewechselt. Aber wo war das Geld geblieben? Berninis Wohnung wurde eingehend untersucht, sogar die Tapete wurde abgerissen und das Parkett abgehoben. Schließlich ging die Polizei daran, in der Dreizimmerwohnung am Kurfürstendamm die Polstermöbel aufzuschneiden – doch die Suche nach dem Geld blieb erfolglos. Mit frecher Stirn behauptete der Falschmünzer, es wäre ihm bei irgendeinem Zechgelage gestohlen worden.

Nach seiner Entlassung zog Bernini in ein kleines billiges Hotel in einer Seitenstraße des Alexanderplatzes. Für ihn war es ganz klar, dass er vom Augenblick seiner Entlassung an intensiv beschattet werden würde. Der »schöne Alfons«, wie man ihn in seinen Kreisen nannte, begann nun ein heiteres Katz- und Mausspiel, das einer gewissen Komik nicht entbehrte. Das heißt, die heitere Note lag mehr auf Seiten des Berufsverbrechers, während die Polizei sich geradezu schwarz ärgerte!

Direkt gegenüber vom Polizeipräsidium lag Berninis Stammkneipe. Der Wirt war ein polizeibekannter, vorbestrafter Hehler, und es verkehrten eigentlich nur Gauner bei ihm. Mehrfach hatte die Polizei versucht, das Hehlernest auszuheben, aber da die Konzession auf den Namen der unbescholtenen Ehefrau des Gastwirts lief, fehlte dazu jegliche richterliche Handhabe.

In seinem eleganten Maßanzug und den Schuhen mit den dicken Kreppgummisohlen machte Bernini durchaus den Eindruck eines wohlhabenden Kaufmannes. Dieser Anzug war bei seiner Einlieferung ins Gefängnis nagelneu gewesen und hatte bis zu Berninis Entlassung, gut eingemottet in der Kammer des Zuchthauses gelegen. Deshalb sah der »schöne Alfons« bei seiner Entlassung wie aus dem Ei gepellt aus. Den Rest seines Hab und Guts, einschließlich seiner übrigen Maßanzüge, hatte die Polizei für die Deckung der Prozesskosten beschlagnahmt.

Amüsiert betrachtete Bernini von der Kneipe aus die Straße, insbesondere den gegenüberliegenden Hausflur, in dem ein Mann stand, der unablässig die Kneipentür observierte und den er deshalb unschwer als Bewacher erkannte. Kurzerhand nahm er den Hut vom Haken, trat auf die Straße und bestieg eine Straßenbahn. Noch bevor er in die S-Bahn wechselte, hatte er den lästigen Schatten abgehängt. Bernini verließ das Stadtgebiet, begab sich in den Wald und fing unter einer großen Eiche mit beiden Händen an zu wühlen, bis er eine Kassette zutage förderte. Sie war unverschlossen. Er entnahm ihr einige große Banknoten und verscharrte seinen Schatz wieder sorgfältig. Anschließend fuhr er in seine Stammkneipe zurück, wo er erst einmal seine Schulden bezahlte.

Abends besuchte Bernini mehrere Cafés und Lokale am Ku'damm, mied aber teure Bars, um kein Aufsehen zu erregen. Dabei lernte er einen Mann kennen, der ihm auffallend ähnlich sah. Auch der Fremde war schwarzhaarig, dunkeläugig und italienischer Abstammung. Der einzige Unterschied bestand darin, dass der angestellte Kaufmann Fritz Collin einen kleinen Schnurrbart trug.

Bernini bestellte Wein, und das Gespräch wurde immer freundschaftlicher. Der »schöne Alfons« meinte zu seinem neuen Bekannten, wenn er sich auch einen Schnurrbart wachsen ließe, könnte man sie beide für Brüder halten.

Sehr spät trennten sie sich, nicht aber bevor sie Namen und Adressen ausgetauscht hatten. Natürlich machte Bernini dabei falsche Angaben, denn ihm war inzwischen ein teuflischer Einfall gekommen. Dem Kaufmann erzählte er indes, dass er Direktor Dr. Werner sei, sich auf Geschäftsreise befinde und für 14 Tage nach Italien fahre.

Nach zwei Wochen war der Schnurrbart des Berufsverbrechers gewachsen. Bernini hatte sich eine Sonnenbrille zugelegt und beobachtete das Büro von Fritz Collin. Um fünf Uhr kam der Kaufmann aus der Haustür. Bernini rief nun Fritz in seiner Wohnung an und verabredete sich mit ihm für den kommenden Abend in einem Lokal am

Ku'damm. Collin wollte dazu seine Braut mitbringen. Wie nebenbei erwähnte Bernini, dass er weder verlobt noch verheiratet sei, aber Geburtstag habe, und deshalb mit ihnen feiern wolle.

Alfons hatte einen Tisch reservieren lassen und war pünktlich zur Stelle. Fünf Minuten nach der verabredeten Zeit kam mit schnellen Schritten eine junge Dame durch die Tür. Sie war gut angezogen, blond, außerordentlich hübsch und mochte vielleicht zwanzig Jahre alt sein. Sicher und unbefangen steuerte sie durch das Lokal und ging direkt auf Bernini zu, den sie offensichtlich für ihren Verlobten hielt.

Der »schöne Alfons« stellte sich vor und meinte liebenswürdig, beim ersten Treffen mit ihrem Verlobten hätten sie sich beide über ihre zufällige Ähnlichkeit amüsiert, und um die Gleichheit noch zu betonen, habe er sich einen Schnurrbart wachsen lassen. Maria Feller lachte. Bald kam nun auch Fritz Collin, und es wurde ein heiterer Abend. Bernini stiftete eine Flasche Wein nach der anderen, und während er sich zurückhielt, sah er zu seinem Vergnügen, wie sich Fritz Collin immer mehr betrank. Maria versuchte, ihren Verlobten von dem hastigen Trinken abzuhalten, doch alle Ermahnungen fruchteten nichts.

Schließlich tranken die drei auf Duzfreundschaft, und der kleine Angestellte Collin sonnte sich im Lichte seines neuen »akademischen Freundes«, der ihm wie nebenbei erzählte, dass er demnächst die Geschäftsleitung einer weiteren großen Firma übernehmen werde und Fritz einen hochbezahlten Posten als Prokurist besorgen wolle.

Das bekam der gute Collin gerade noch mit, dann aber fing er unter der Einwirkung des reichlichen Alkoholgenusses an, zu lallen, und schlief schließlich am Tische ein. Maria beklagte sich bei Bernini über ihren Verlobten, weil sie ihm das Trinken einfach nicht abgewöhnen könne. Das Geld solle doch für die Aussteuer gespart werden, aber nie könne Fritz etwas auf die hohe Kante legen, im Gegenteil, er sei in allen seinen Stammkneipen verschuldet.

In den nächsten Wochen traf man sich immer häufiger. Eines Tages lud Maria Fritz und Bernini zu ihren Eltern ein. Sie war das jüngste Kind, ihre anderen Geschwister waren schon verheiratet und lebten nicht mehr zu Hause. Vater Feller war in einer ostpreußischen Stadt Beamter gewesen und hatte sich wegen eines Augenleidens frühzeitig pensionieren lassen.

Der Herr »Doktor« brachte als vornehmer Kavalier natürlich reichlich alkoholische Getränke mit, und so wiederholte sich das alte Spiel: Der Bräutigam betrank sich, auch der Vater konsumierte mehr als er vertrug, und dann kam, was kommen musste: Die schöne Maria verliebte sich in Bernini.

Bernini machte ihr wenig später unter heißen Küssen eine glühende Liebeserklärung, bat sie aber, ihrem Verlobten vorläufig noch nichts von ihrem neuen Glück zu sagen, denn er wolle ihm erst eine gute Stellung besorgen – weil er sich moralisch dazu verpflichtet fühle. So bekam Maria die beste Meinung von den Ehrbegriffen ihres neuen Freundes.

Bernini mietete nun in einer stillen, eleganten Seitenstraße des Kurfürstendammes eine Zweizimmerwohnung. Dem Hauswirt erklärte er, er sei Reisender und meistens unterwegs. So wunderte es keinen, dass er oft abwesend war, und er konnte weiterhin in seinem, der Polizei bekannten, Quartier wohnen, das er wegen der immer noch bestehenden Beschattung nicht aufgeben durfte. Den Mietvertrag unterzeichnete er mit Fritz Collin. Die Wohnung richtete er geschmackvoll ein; ab und zu zeigte er sich auch den übrigen Mietern des Hauses.

Dann aber ereignete sich ein Zwischenfall, mit dem Bernini nicht gerechnet hatte. Sein Verhältnis zu Maria war inzwischen sehr viel intimer geworden, und als Fritz eines Tages wieder einmal betrunken war, verlor das junge Mädchen die Nerven: Sie warf ihrem Bräutigam den Trauring auf den Tisch und erklärte, dass sie Bernini heiraten würde.

Am nächsten Tag rief Fritz Collin in dem Hotel an, das der Herr »Doktor« als Adresse angegeben hatte, und verlangte, Herrn Dr. Werner zu sprechen. Man sagte ihm, dieser sei dort unbekannt.

Inzwischen hatte Maria Bernini von dem Zerwürfnis erzählt, der sogleich Schlimmes befürchtete. Er ahnte nämlich, dass der Kaufmann das Hotel angerufen hatte und rief deshalb von sich aus Fritz Collin an. Dabei erklärte er, dass er seit langem schon nicht mehr in dem Hotel wohne, sondern bei einem Freund am Kurfürstendamm. Er wolle sich mit Collin in aller Ruhe aussprechen. Er habe keinen Verrat getrieben, sondern die Ereignisse hätten sich von selbst ergeben und verwickelt. Als Ehrenmann sei er zu jeder Genugtuung bereit.

Bernini lockte den Angestellten daraufhin in ein Lokal, entschuldigte sich bei ihm und sagte, dass er selbstverständlich das Mädchen sofort freigeben würde, falls Fritz dies wünsche. Dieser, inzwischen in eine weinselige Stimmung geraten, ließ sich beschwichtigen. Der Verbrecher schlug einen Lokalwechsel vor, der Abend nahm seinen Lauf, und nachdem beide in mehreren Kneipen gezecht hatten, bot er Fritz Collin an, in die Wohnung seines Bekannten zu fahren, wo er sich ausschlafen könne. Sein Freund sei gerade verreist, aber der Weinkeller stehe ihm zur Verfügung.

Der Kaufmann hatte eigentlich keine rechte Lust mehr, möglicherweise spürte er eine Art Vorwarnung. Vielleicht waren es auch die flackernden Augen Berninis, die ihn unausgesetzt fixierten. Schließlich gab er aber nach. Als sie die Treppe hinaufstiegen und Bernini die Tür aufschloss, stellte er sich so geschickt vor das Türschild, dass Collin seinen eigenen Namen nicht erkennen konnte. Diese Vorsicht war jedoch kaum nötig, da der andere längst viel zu betrunken war, um seine Umgebung klar wahrzunehmen.

In der Wohnung drehte Bernini das Radio auf volle Lautstärke. Und dann spielte sich alles in Sekundenschnelle ab: Collin sah plötzlich einen Pistolenlauf auf sich gerichtet. Ihm stand nun nicht mehr der höfliche Akademiker Dr. Werner, sein Duzfreund, gegenüber, nein, das war ein Fremder, dessen verzerrtes Gesicht ihm Angst machte. Hinter diesen funkelnden Augen saß Mordlust.

Vor Entsetzen wurde Collin urplötzlich nüchtern, doch da krachte schon der erste Schuss …

Der junge Mann fühlte einen stechenden Schmerz am Hals. Dann krachte es noch einmal, und nun spürte er gar nichts mehr. Der Mörder beugte sich über die zusammengesunkene Gestalt seines Opfers – und vollendete sein grausiges Werk: Er zerstückelte die Leiche. Im Verlauf mehrerer Tage schaffte er sie aus dem Haus und trug sie in den Wald.

Bernini wusste genau, dass sich seine Fingerabdrücke in den Polizeiakten befanden. Deshalb hackte er die Hände des Toten ab, nähte sie in ein Tuch ein, beschwerte das kleinen Päckchen mit Eisen und warf es in die Spree. In die Jackentaschen des Toten steckte er seine eigenen Papiere, in dessen Weste seine Uhr. Die Leichenteile vergrub er im Wald, aber so oberflächlich, dass die Polizei sie unbedingt finden musste. Collins Papiere nahm er an sich.

Wenn die Polizei die menschlichen Überreste fand, so musste sie darauf schließen, dass er – der Berufsverbrecher – von irgendeinem Komplizen ermordet worden sei.

Der Doppelgänger schlüpfte in die Haut eines ehrsamen Kaufmannes. Er besaß dessen Ausweis und Pass und ging nun zu seinem Versteck, um das restliche Geld (etwa 38.000 Mark) zu holen. In drei Tagen wollte er das Land verlassen. Denn dann fand ein großes Sportfest in der Schweiz statt, der Touristenverkehr würde reger als sonst und die Passkontrollen würden oberflächlicher sein. Solange galt es zu warten.

Schon am nächsten Tage fanden spielende Kinder die Leiche. Die Polizei identifizierte sie folgerichtig anhand des Kopfes und der Papiere als die des Berufsverbrechers Bernini. Die Zeitungen berichteten kurz über den Leichenfund und nannten auch den Namen des Toten. Das war alles.

Es schien, als habe Bernini den perfekten Mord verübt, eine schnelle Aufklärung war unwahrscheinlich. Dennoch hatte die Sache einen Haken. Fritz Collin würde nach kurzer Zeit als vermisst gemeldet werden, dem musste vorgebaut werden. Der Verbrecher traf sich also mit dem Mädchen und erzählte ihm, er habe ihren Verlobten gebeten, in Italien ein großes Geschäft für ihn abzuschließen, bei dem er viel verdienen könne. Die Sache sei sehr eilig gewesen und Fritz deshalb sofort abgefahren. Da er nicht wusste, ob er bei seiner Firma Urlaub bekommen würde, habe er ihn gebeten, sich im Büro kurzerhand krankzumelden.

Und dies hatte der Verbrecher tatsächlich getan. Er hatte unter dem Namen Dr. Werner angerufen, sich bei dem Chef als Arzt ausgegeben und gesagt, Fritz Collin habe Grippe. Somit war das Verschwinden des Kaufmanns für die nächsten acht Tage geklärt und eine Vermisstenanzeige nicht zu befürchten.

Maria fiel zwar das unruhige Wesen ihres Freundes auf, aber der redete von wichtigen Geschäften und von Überarbeitung, die ihn plagte, und sagte seiner ahnungslosen Braut außerdem, dass sie bald heiraten würden. Maria Feller strahlte, sie war bis über beide Ohren in Bernini verliebt und malte sich an seiner Seite eine rosige Zukunft aus.

Endlich war für Bernini der Tag der Abreise gekommen. Er bewegte sich vorsichtiger denn je, bis er endlich in den D-Zug nach Basel stieg.

Doch nun spielte Kommissar Zufall eine wichtige Rolle. An der Schweizer Grenze fand die Zollkontrolle statt. Dort hatte erst vor zwei Tagen ein neuer Beamter seinen

Dienst angetreten, ein frühere Kriminalassistent, der die Behörde gewechselt hatte, weil ihm der Kriminaldienst zu anstrengend geworden war. Mit Rücksicht auf seine Kriegsverwundung hatte die Behörde seine Versetzung zum Zoll genehmigt. Nun saß er auf seinem ruhigen Posten im Zollhäuschen an der Schweizer Grenze, wo die Reisenden ihre Koffer präsentieren mussten, um zollpflichtige Waren vorzuzeigen.

Bernini erschrak, als die Reisenden aufgefordert wurden, mit ihren Koffern in das Zollhaus zu kommen. Er sagte, dass er kein Gepäck habe und nur zu einer Sportveranstaltung fahren wolle. Doch die Zöllner waren hartnäckig und forderten alle Reisenden auf, anzutreten. Als Bernini in das Zollhäuschen kam, wurde er aschfahl. Seine Hände zitterten. Wie entgeistert starrte er auf den vor ihm sitzenden Kriminalbeamten Karl-August Schmitt. Diesen Mann kannte er sehr gut: Dessen geschickter Vernehmungstechnik war er schon vor fünfeinhalb Jahren zum Opfer gefallen. Schmitt hatte damals in der Falschgeldabteilung gearbeitet und galt als ein besonderer Experte seines Faches. Mit dem geschulten Auge des Kriminalbeamten erkannte auch Schmitt Bernini sogleich wieder.

»Aha, mein Freund Bernini«, sagte er freundlich. »Wollen Sie verreisen?«

Der Verbrecher glaubte, sein Spiel sei nun verloren. Ängstlich sah er sich um. Der falsche Pass würde ihm zum Verhängnis werden. Es half nur noch die Flucht. Zu einer Antwort war er nicht imstande.

»Ich dachte, Sie sind tot«, sagte der Zollbeamte lächelnd. Bernini sah sich abermals um, doch die Tür war versperrt, ein Beamter stand daneben. Dieser hatte die rechte Hand in der Hosentasche, und der Mörder wusste, dass auch Zollbeamte hervorragende Schützen sein können. Dennoch musste er alles auf eine Karte setzen.

»Sie irren sich«, murmelte er, »ich heiße nicht Bernini. Ich kann mir nicht denken, was Sie von mir wollen.«

Nur mühsam zwang er seine Stimme zur Ruhe und holte tief Atem. »Ich bin der Kaufmann Fritz Collin, hier ist mein Pass.«

Das Lächeln auf Schmitts Gesicht verschwand nicht. »Oh, verzeihen Sie«, erwiderte er. »Dann habe ich Sie bestimmt nur verwechselt. Bitte, nehmen Sie Platz! Darf ich Ihren Pass sehen?«

Der Verbrecher übereichte Personalausweis und Reisepass. Karl-August Schmitt tat so, als studiere er eingehend die Papiere, gab aber unter dem Tisch mit der Hand einem Kollegen ein Zeichen. Zwei Mann traten hinter den Mörder. Schmitt zog die Pistole.

»Widerstand ist zwecklos«, sagte er kalt, und nun schlossen sich die Handschellen um die Gelenke des Verbrechers.

»So«, meinte Schmitt ruhig, »Sie sind also nicht ermordet! Nun, wenn Sie nicht der Ermordete sind, dann sind Sie wahrscheinlich – der Mörder. Heraus mit der Sprache!«

Noch immer gab der Verbrecher sein Spiel nicht auf. Erst in der Zelle des Polizeipräsidiums am Alexanderplatz, wohin er umgehend gebracht wurde, bestritt er aufgrund des Vergleiches mit seinen Fingerabdrücken nicht mehr, Bernini zu sein, wollte aber gleichwohl mit dem Mord nichts zu tun haben.

Nun lag es an der Kripo, hervorragende Kleinarbeit zu leisten und das ungeheure Gebäude der Indizien aufzubauen. Die Leiche wurde nun einwandfrei als die des unglücklichen Kaufmanns Collin identifiziert.

Als Maria bei der Gegenüberstellung erfuhr, welch grauenhaftem Verbrecher sie ihr Herz geschenkt hatte, brach sie ohnmächtig zusammen. Schließlich wurde auch Berninis Wohnung mit dem Messingschild Collin gefunden, und als der Chef des unglücklichen Opfers dann erklärte, dass ein Herr Dr. Werner ihn angerufen habe mit der Meldung, Collin sei acht Tage krank, brach der Verbrecher unter der Wucht des erdrückenden Beweismaterials zusammen.

Er gestand, den Mord an Fritz Collin verübt zu haben. Fast wäre auch die unglückliche Maria ein Opfer des Mörders geworden, denn sie verfiel in ein schweres Nervenfieber und brauchte Monate, bis sie sich erholte. Endlich überwand sie die Nervenkrise, und allmählich kehrten Lebensmut und Energie zurück.

Damit war der Fall abgeschlossen. Alfons Bernini kam in ein Konzentrationslager. Einige Zeit später erhielt die Polizeibehörde die offizielle Mitteilung, dass er dort verstorben war.

Der S-Bahn-Mörder

Der Fall Paul Ogorzow (1940–1941)

In der Nacht vom 3. zum 4. Dezember 1940 beleuchteten die Scheinwerfer der Berliner Polizei eine düstere Szene: Auf dem Bahnkörper der S-Bahn lag die Leiche einer Krankenschwester – auf der rechten Seite der stadteinwärts führenden Gleise. Den Todeszeichen nach zu urteilen, hatte die junge Frau vor längstens drei Stunden ihr Leben verloren. Sie musste aus dem fahrenden Zug gestürzt sein.

Eine Mordkommission unter der Leitung von SS-Hauptsturmführer Wilhelm Lüdtke nahm die Arbeit auf. Denn es lag eine Parallele zu zwei weiteren Fällen nahe: Schon am 20. September und am 4. November waren auf dem 15 Kilometer langen S-Bahn-Abschnitt zwei Frauen aus dem Zug gestoßen worden, beide hatten unwahrscheinliches Glück gehabt. Die erste war zwischen den Stationen Wuhlheide und Karlshorst auf einen Sandhaufen gefallen und mit dem Schrecken davongekommen. Die zweite erlitt zwar schwere Schädelverletzungen, blieb aber am Leben. Beide Frauen waren in leere Abteile der 2. Klasse eingestiegen, beide berichteten unabhängig voneinander, dass ein Mann in Eisenbahneruniform zugestiegen sei und ein Gespräch mit ihnen angefangen habe. Plötzlich habe er sich dann auf sie gestürzt – von da an setzte die Erinnerung der Frauen aus. Sie wussten nur noch, dass sie über den Boden des Zuges geschleift wurden und kurz darauf ins Leere fielen.

Raubmord konnte im aktuellen Fall als Motiv ausgeschlossen werden, denn die Handtasche der Krankenschwester wurde mitsamt Inhalt auf dem Bahndamm gefunden, und im Scheinwerferlicht schimmerte ein goldenes Armband am Handgelenk der Toten.

Nach dem zweiten S-Bahn-Sturz hatte die Kripo den Zug durchsucht und dabei ein Kabelende gefunden. Es lag in der Ritze zwischen Sitzpolster und Rückenlehne in einem Abteil der 2. Klasse. Die Beamten erfuhren über die Herstellerfirma, dass es sich um ein Stück des hundertvierpaarigen Telefonkabels handelte, das im Mai 1939 auf der S-Bahn-Strecke Ostkreuz – Wuhlheide verlegt worden war, also auf der Strecke, auf der sich die S-Bahn-Stürze zutrugen. Da es sich um ein Kabelende handelte, dessen Muffe einen Fabrikationsstempel trug, konnte man sogar feststellen, dass es beim Verlegen in der Nähe des Reichsbahnbetriebsbahnhofs Rummelsburg abgeschnitten wurde.

»Das ist natürlich ein recht vager Hinweis«, meinte der leitende Kommissar. So ein abgeschnittenes Kabelende kann an der Arbeitsstelle liegenbleiben, kann über den Zaun geworfen oder ins Altmateriallager gebracht werden. Immerhin war es einem Bahnbediensteten leicht zugänglich, und die beiden überlebenden Frauen hatten den Angreifer ja als Eisenbahner beschrieben. Sonst wussten sie nicht viel über ihn zu berichten, kein Wunder bei der Verdunkelung der Bahnhöfe und Züge in Kriegszeiten. Bei der Angabe der Größe des Täters waren sich beide Frauen dennoch einig: Er sollte etwa 1,65 Meter groß und schlank sein. Sein Alter schätzte die eine auf 25, die andere auf vierzig Jahre.

»Dass es sich um denselben Täter handeln muss, ist trotzdem klar«, meinte der Kommissar. »Alle drei Frauen sind zwischen 23 und 24 Uhr aus dem Zug gestoßen worden. Der Täter hält also auf Regelmäßigkeit. Vielleicht ist es ein Bahnbeamter, der von der Schicht nach Hause fährt oder gar im Dienst ist? Aber welchen Grund sollte der haben, Frauen aus dem Zug zu werfen, nachdem Raubabsicht offensichtlich ausscheidet?«

Noch am gleichen Tag musste der Gerichtsmediziner die Leiche einer 19-jährigen Arbeiterin sezieren. Am Morgen gegen 4.30 Uhr war sie von Passanten in der an die S-Bahn-Strecke angrenzenden Prinz-Heinrich-Straße aufgefunden worden. Der Zustand ihrer Kleidung ließ auf ein Sittlichkeitsverbrechen schließen. Da sie noch schwache Lebenszeichen von sich gegeben hatte, war sie nach Köpenick ins Krankenhaus gebracht worden. Vergeblich hatten sich die Ärzte um sie bemüht. Vergeblich wachte ein Kriminalbeamter an ihrem Bett, bereit zur Vernehmung, sobald sie zu Bewusstsein kommen sollte.

»Tod durch Hirnblutung infolge schwerer Schädelbrüche«, diktierte der Arzt ins Sektionsprotokoll. »Die Verletzungen dürften von einem stumpfen, nicht kantigen Gegenstand herrühren.«

Dieser letzte Satz sollte eine Lawine von Aktivitäten bei der Kripo auslösen. Ob die Schläge auf die Krankenschwester und die Arbeiterin mit der gleichen Waffe geführt worden waren?

»Wenn man an das Bleikabel denkt …« Der Kommissar deutete auf seine Straßenkarte. An ihrem linken Rand lag das Reichsbahnbetriebswerk Rummelsburg. Dessen riesiges Gelände grenzte im Norden unmittelbar an ein

Laubengelände. Auf dem Betriebsbahnhof hielten die S-Bahn-Züge von und nach Karlshorst. War dort der Täter zu suchen – wenn es sich überhaupt in allen Fällen um ein- und denselben Täter handelte? Seit dem Abend des 4. Dezember wurde die S-Bahn zwischen Rummelsburg und Hirschgarten vom Einbruch der Dunkelheit an bis zum letzten Nachtzug überwacht. Beamtinnen der weiblichen Kriminalpolizei fuhren in leeren Abteilen der 2. Klasse und wurden von männlichen Kollegen der Fahndungsinspektion aus den benachbarten 3. Klasse-Wagen beobachtet.

Währenddessen liefen die Ermittlungen weiter. Aus Zeugenaussagen ergab sich, dass der mögliche Täter einen schwarzen Rangiermantel getragen hatte. Das bedeutete, dass kein Beamter aus dem Fahrdienst in Frage kam, sondern einer vom Streckendienst oder aus dem Reichsbahnbetriebswerk, einer von achttausend, die dort beschäftigt waren. Von all diesen Leuten musste festgestellt werden, seit wann sie in Rummelsburg arbeiteten, wo sie wohnten, in welcher Schicht und in welchem Teil des Werkes sie an den Tattagen Dienst hatten, ob und weswegen sie vorbestraft waren, ob und weswegen sie bei Kollegen und Vorgesetzten aufgefallen waren. Es war eine ungeheure Papierarbeit, die der Kommissar da seinen Beamten zumutete. Außerdem schleuste er zwei jüngere, erst kürzlich nach Berlin versetzte Assistenten in das Werk ein, damit sie sich unter der Belegschaft umhören sollten.

Am Sonntag, dem 22. Dezember 1940, entdeckte man erneut eine Tote auf der S-Bahn-Strecke von Friedrichshagen nach Rahnsdorf. Sie lag zwischen den Gleisen.

Im Sturz hatte sie die Stromschiene berührt und dabei eine schwere Verbrennung erlitten. Ein Einholnetz und eine Handtasche wurden auf der Strecke gefunden.

Kommissar Lüdtke fischte ein Papier aus der Handtasche. Es handelte sich um das Attest eines Nervenarztes, nach dem die Frau wegen schwerer seelischer Depressionen nicht zum Einsatz in der Rüstungsindustrie herangezogen werden dürfe.

»Wenn det man keen Selbstmord iss«, brummte Lüdtke.

Auch noch in anderer Hinsicht wich dieser Fall von den vorangegangenen Verbrechen des S-Bahn-Mörders ab. Wie man feststellte, musste der Sturz gegen 7 Uhr morgens erfolgt sein. Außerdem lag die Frau zwischen den Gleisen, war also auf der »falschen« Seite aus dem Zug gestürzt. Die Männer von der Kripo sahen ihre Theorie schwinden. Doch sehr bald konnte der Gerichtsmediziner ihre Zweifel zerstreuen. Auch der Schädel dieser Toten wies deutlich umschriebene Brüche auf, die durch den Sturz nicht zu erklären waren. Die Frau mochte schwermütig gewesen sein, aber freiwillig hatte sie sich nicht aus dem Zug gestürzt. Aller Wahrscheinlichkeit nach war der S-Bahn-Mörder mitgefahren, als sie ihren Mann besuchen wollte, der in Fürstenwalde Rekrut war.

»Der Bursche muss Wind von unseren Streifen bekommen haben«, meinte Kommissar Lüdtke. Er musste nun die Überwachung der S-Bahn auf die Morgenstunden ausdehnen. Da sich die Chefin der weiblichen Kripo standhaft weigerte, ihre Beamtinnen mit Pistolen zu bewaffnen, wurden junge, schlanke Beamte in Frauenkleider gesteckt, aber auf keinen dieser Lockvögel fiel der S-Bahn-Mörder herein.

Am 29. Dezember 1940 und am 5. Januar 1941 mussten erneut Frauen seziert werden, die unverkennbar die gleichen Merkmale trugen. Die Pausen zwischen den Morden wurden immer kürzer: Waren es zwischen den ersten beiden Verbrechen noch 45 Tage, so folgten dann Unterbrechungen von 29, 19 und zuletzt nur noch sieben Tagen. Es zeigte sich die typische Beschleunigung, nach der sich Serienverbrechen entwickeln.

Erst jetzt sah man an höchster Stelle ein, dass die Bevölkerung unbedingt gewarnt werden musste. Die bisherige Schweigetaktik war falsch. Jeder Eisenbahner im gefährdeten Gebiet wurde nun zu äußerster Wachsamkeit aufgerufen. Auf Befehl des Gauleiters Goebbels richtete die Partei einen Lotsendienst für alleingehende und alleinfahrende Frauen ein.

Auch der Alt-Parteigenosse und SA-Oberscharführer Paul Ogorzow aus Karlshorst stellte sich für den Ehrendienst zur Verfügung. Sicher geleitete er die ihm zugeteilten Frauen nach Hause. Am 11. Februar 1941 sprach ihn gegen 22 Uhr die verheiratete Johanna Voigt auf dem Betriebsbahnhof Rummelsburg an: Sie fürchte sich vor dem S-Bahn-Mörder, ob er sie nicht bis Karlshorst begleiten könne. Am Morgen darauf lag die Frau auf dem Seziertisch des Gerichtsmediziners. Eine heiße Spur zum Mörder hatte die Polizei aber weiterhin nicht. Die Mordserie ging weiter.

In der Laubenkolonie »Gut Land I« wurde am frühen Morgen des 3. Juli eine 35-Jährige tot aufgefunden, sie war vergewaltigt worden. Die Zertrümmerung des Schädels zeigte die Handschrift des S-Bahn-Mörders.

»Diesmal haben wir ihn«, prophezeite Kommissar Lüdtke und deutete auf einen klaren Fußabdruck neben der Toten. Der Mord war zwischen ein und zwei Uhr geschehen; kurz vorher, um Mitternacht, war ein wolkenbruchartiger Regen heruntergegangen. Es war nur dieser eine Fußabdruck vorhanden, also stammte er mit größter Wahrscheinlichkeit von dem Mörder. Der Erkennungsdienst stellte fest, dass es sich um das Profil der Marke Salamander »Fußarzt« handelte, Größe 40. Die Spur ließ sich vom Tatort bis in die Nähe des Betriebsbahnhofs Rummelsburg zurückverfolgen. Dabei fiel auf, dass sich nur die Schuhsohle, nicht aber der Absatz abgedrückt hatte. Der Täter musste also vom Bahnhof hinter seinem Opfer hergerannt oder geschlichen sein. Vom Tatort verlor sich die Spur in unbebauten Parzellen des Laubengeländes.

Zwei Tage lang suchte die Kripo im Betriebswerk nach einem Mann, der »Fußarzt«-Schuhe in Größe 40 trug. Zusätzlich wurden bei den 14 Kartenstellen die Bezugsscheinkarteien von zwanzigtausend Einwohnern des Bezirks Lichtenberg überprüft. Einer der ersten Schuhbezugsscheine nach deren Einführung war an einen Tischler ausgegeben worden. Er wohnte in der Laubenkolonie »Gut Land I«, hundert Meter vom Tatort entfernt und – war vorbestraft wegen eines Sittlichkeitsdeliktes.

Nach 72 Stunden quälender Tag- und Nachtverhöre gab der Mann zwar zu, dass er in der Mordnacht den Weg vom Bahnhof zum Tatort gegangen war, bestritt aber energisch, mit dem Verbrechen etwas zu tun zu haben. Die angeblich so heiße Spur entpuppte sich schließlich als glatte Fehlanzeige.

Dann meldete eines Tages ein Bahnarbeiter eine merkwürdige Beobachtung: Er hatte verschiedentlich gesehen, wie ein Hilfsweichensteller während der Dienstzeit aus dem Stellwerk gegangen und über den Zaun geklettert sei. »Der kommt aber nicht in Frage«, sagte einer der Beamten. »In drei Tatnächten hat der Mann Dienst im Stellwerk gemacht, einmal sogar als Telegrafist. Unmöglich, sich von diesem Posten unbemerkt zu entfernen.«

Der Kommissar studierte trotzdem die Personalakte des Hilfsweichenstellers: Es handelte sich um einen gewissen Paul Ogorzow, 31 Jahre alt, verheiratet, zwei Kinder. Seit neun Jahren bei der Reichsbahn, unauffällig, ohne Tadel. Seit 1931 Mitglied der NSDAP, seit 1932 SA-Mann, jetzt Oberscharführer. Am 5. Juni 1937 hatte er die zwei Jahre jüngere Verkäuferin Gertrud Z. geheiratet, die ein Kind – die Tochter Ingrid – mit in die Ehe brachte. Später bekamen sie gemeinsam einen Sohn. Das Paar wohnte zunächst bei der Schwiegermutter in der Dorotheastraße 24 im Parterre, bekam dann aber im gleichen Haus weiter oben eine eigene Wohnung. Die Nachbarn gaben an, Ogorzow häufig im Vorgarten beim Gemüsegärtnern oder beim Kirschenpflücken gesehen zu haben. Ein Fleischermeister, der das Fahndungsplakat des S-Bahnmörders an sein Schaufenster gehängt und dazu gemeint hatte: »Der wohnt vielleicht nebenan«, veranlasste Ogorzow zu dem spöttischen Kommentar: »Da könnten Sie recht haben.«

Bei der anschließend vorgenommenen Befragung räumte Ogorzow ein, dass er tatsächlich hin und wieder »kurz übern Zaun wische«. Da sei nämlich so eine nette

Krieger-Strohwitwe gleich im ersten Siedlungshäuschen neben dem Bahnkörper. »Na ja, Sie versteh'n schon …«

Der Kommissar »verstand«. Gleichzeitig ordnete er an, dass die betreffende Dame sofort zur Vernehmung und Gegenüberstellung ins Präsidium geholt wurde. Ogorzow wurde blass. Er bat, er biederte sich an und kehrte den alten Parteigenossen heraus. »Sie werden sehen, was Sie davon haben«, drohte er schließlich.

Der Kommissar vermutete, dass Ogorzow die Krieger-Strohwitwe nur erfunden hatte, um den wahren Grund für seine Ausflüge über den Zaun zu verschleiern. Doch die Frau wurde in Rummelsburg ermittelt und gab nach einigem Sträuben auch die nächtlichen Besuche Ogorzows zu. Damit erwies sich der Verdacht gegen den Hilfsweichensteller auf natürlichste Weise als unbegründet.

In weiteren Vernehmungen gab der Mann jedoch zu, des Öfteren allein nach Hause gehende Frauen im Dunkeln angeleuchtet oder angesprochen zu haben. Ermutigt setzte Kommissar Lüdtke schließlich eine Tatortbesichtigung an – mit Ogorzow.

Drei Stunden lang führte der Mann anderntags die Kommission kreuz und quer durchs Gelände. Oft hatte Lüdtke das Gefühl, dass der Weichensteller plötzlich seinen Schritt beschleunigte. Einige Male bog er scheinbar unmotiviert vom Weg ab und schlug eine andere Richtung ein. Das geschah immer, wenn sie sich einem der Tatorte näherten. Es schien ein Schuldgeständnis mit den Füßen zu werden.

Endlich standen sie wieder an dem Wäldchen. Noch einmal musste Ogorzow vormachen, wie er die Frau angeleuchtet haben wollte. Der Kommissar verwickelte ihn in eine Diskussion über die Reichweite des Fahrradscheinwerfers. Plötzlich herrschte er Ogorzow an: »Drehen Sie sich um!«

Ogorzow wendete den Kopf. Hinter ihm stand eine Frau, die von einem Beamten unbemerkt herangeführt worden war. Kaum blickte sie dem Eisenbahner ins Gesicht, da schrie sie laut auf: »Das ist er!«

Ogorzow verlor keinen Augenblick die Fassung. Als die Frau die langen Narben an ihrem Hals entblößte, wendete er sich achselzuckend ab. Dennoch musste ihn die Begegnung innerlich aufgewühlt haben. Unruhig rutschte er während der Rückfahrt ins Präsidium auf seinem Sitz hin und her. In seinem Gesicht zuckte es. Mehrmals setzte er zum Sprechen an, und schließlich sagte er: »Parteigenosse, kann ich dich nachher mal unter vier Augen sprechen?«

»Du musst mir helfen«, begann Ogorzow, als sie in Lüdtkes Zimmer allein waren. Er erklärte dem Kommissar auch, weshalb er sich ausgerechnet ihm anvertrauen wollte: weil er nicht, wie die anderen Beamten der SS angehöre, sondern SA-Mann sei. »Deshalb musst du mir helfen.«

»Das kommt drauf an«, sagte der Kommissar.

»Na ja, was die Frau da gesagt hat …« Ogorzow schüttelte den Kopf, seine auffallend stark behaarten Hände fuhren unruhig über die Schreibtischplatte. Aber er sagte kein Wort mehr. Und auch Lüdtke schwieg. Fast eine Stunde lang saßen sie so. Draußen wurde es bereits dunkel.

Endlich stand der Kommissar auf. »Schön, ich will Ihnen helfen, Ogorzow«, sagte er leise, schlug einen

Aktendeckel auf und fing an, mit monotoner Stimme zu lesen. Es war die Liste der Sittlichkeitsverbrechen in der Laubenkolonie.

»Der Mann, der all diese Scheußlichkeiten auf dem Gewissen hat, sind Sie, Ogorzow«, sagte er zum Schluss.

»Ja, ich bin's gewesen«, kam es da dumpf zurück. Ogorzow gab zu, dass er Frauen gewürgt, mit dem Messer gestochen, mit der Faust niedergeschlagen hatte.

»Nur mit der Faust?«, fragte der Kommissar und tat gelangweilt. Dabei rührte er mit dieser Frage zum ersten Mal an die Nahtstelle zwischen den Sittlichkeitsverbrechen im Laubengelände und den Morden an der S-Bahn – über die bisher kein Sterbenswort gesprochen worden war.

Langsam öffnete Lüdtke das Seitenfach seines Schreibtisches, zog vorsichtig eine der Schubladen heraus, stellte sie auf den Tisch.

»Womit haben Sie geschlagen, Ogorzow?«

Es erfolgte noch immer keine Antwort.

»Sehen Sie mal her, Ogorzow!«

Müde hob der Verbrecher den Kopf. Im selben Augenblick schaltete Lüdtke die Schreibtischlampe ein. Mit einem unartikulierten Schrei sprang Ogorzow auf. Er warf den Stuhl um und prallte drei Schritte zurück, dann wandte er sein Gesicht ab.

»Womit haben Sie geschlagen, Ogorzow?«

»Nehmen Sie die Dinger da weg«, stöhnte der Verhaftete.

Der grelle Schein der Tischlampe beleuchtete fünf gelblich gebleichte, gewölbte Knochengebilde. Es waren die Schädeldächer von fünf S-Bahn-Opfern. Alle zeigten ein eckiges Loch von der Größe einer Streichholzschachtel.

»Womit haben Sie geschlagen?«

»Mit einem Bleikabel«, lallte Ogorzow.

Der S-Bahn-Mörder war überführt.

Gerichtsmedizinisch und psychologisch hochinteressant war die Frage, wie Paul Ogorzow, der Sittlichkeitsverbrecher, erstmals dazu gekommen war, Frauen in der S-Bahn anzufallen: Bei einem seiner Überfälle im Laubengelände hatte er schlechte Erfahrungen gemacht. Hundert Meter hinter der Frau, die er attackierte, ging nämlich deren Mann mit einem Freund. Ogorzow hatte die beiden Männer in der Dunkelheit nicht bemerkt. Auf das erste Schreien der Frau hin eilten die beiden herbei. Ogorzow bezog schwere Prügel und konnte nur mit knapper Not entkommen.

»So fasste ich den Entschluss, mich nicht mehr in solche Gefahr zu begeben«, hieß es in seinem Geständnis. Alleinfahrende Frauen in leeren 2. Klasse-Abteilen schienen ihm die geeigneten Opfer zu sein. Als Eisenbahner fiel er nicht auf, wenn er zu ihnen ins Abteil stieg. Die weiten Strecken zwischen den Stationen der Ostbahn ließen ihm genügend Zeit. Von Vornherein hatte er vor, die Frauen aus dem Zug zu werfen. Lebende Zeuginnen konnte er sich nicht leisten.

Doch es war alles ganz anders gekommen.

Die erste Frau hatte sich heftiger gewehrt, als er erwartet hatte. Instinktiv flüchtete sie zur Tür. Und dann geschah etwas Seltsames. Ihn überfiel ein Rausch wie nie zuvor: Erst die wild kämpfende Frau, dann der ohnmächtig in seinen Armen hängende Körper, das Rattern und Stampfen des rasenden Zuges, der brausende Fahrtwind, als er die Schiebetür aufriss – das alles rief in Paul Ogorzow Empfindungen von nie gekannter Gewalt hervor. Seine Erinnerung kam nicht mehr davon los, lockte immer wieder zur Wiederholung jener grausigen Situation.

Niemand hatte etwas von seinem Doppelleben geahnt. Eine ehemalige Nachbarin aus Berlin-Karlshorst sagte: »Ich wär auch mit ihm mitgegangen, ich kannt 'n ja, nich – ohne weiteres. Ich hab ihn wahrgenommen als ganz normalen Bürger, als Familienvater mit zwei Kindern, sehr nett und lieb zu seiner Familie. So hab ich ihn wahrgenommen.«

Ogorzows Frau sagte aus, dass er sie mit rasender Eifersucht gequält habe, sonst aber ein gutmütiger und liebenswerter Mann und Vater gewesen sei.

Die Morde an Gerda Ditter, Elfriede Franke, Irmgard Freese, Elisabeth Büngener, Gertrud Siewert, Hedwig Ebauer, Johanna Voigt und Frieda Koziol schienen nun geklärt. Indes lebte das menschliche Ungeheuer in dem Wahn, dass ihn das Gericht einer Irrenanstalt überstellen würde. Nach seiner Frau und den Kindern fragte er wenig. Einmal schrieb er an seine SA-Standarte eine Beschwerde, die vom Gefängnispersonal abgefangen und vernichtet wurde. Begegnete er Mithäftlingen, riss er Witze oder hielt politische Ansprachen. Zwischendurch stand er vor dem Spiegel. Seine ganze Sorge schien zu sein, seinen Schnurrbart nicht zu vernachlässigen.

Als Gründe für seine Morde gab Ogorzow Frauenhass sowie Faszination am Töten an. Um seiner Hinrichtung zu entgehen, behauptete er, von einem jüdischen Arzt wegen einer Geschlechtskrankheit falsch behandelt worden zu sein. In seinem schriftlichen Geständnis stand unter anderem: »Die Straftaten, die ich begangen habe und auch zu Protokoll gegeben habe, sind alle in dieser nicht ausgeheilten Krankheit zu suchen. Ich erkenne diese reuevoll an, dass ich es nicht tun durfte. Aber es ist da in mir ein Trieb entstanden und bei der Tat eine plötzliche Umnachtung wegen der nicht ausgeheilten Krankheit entstanden. Ich bitte um die Unterbringung in einer Nervenheilanstalt.«

Im Rekordtempo von etwa 14 Tagen wurde sein Fall durchgepeitscht. Zwei Psychiater untersuchten ihn und kamen übereinstimmend zu dem Ergebnis, dass Ogorzow voll zurechnungsfähig sei; das Urteil war damit praktisch vorweggenommen. Die Berliner Bevölkerung erfuhr nur gerüchteweise, dass es der Polizei gelungen war, den berüchtigten S-Bahn-Mörder festzunehmen.

Am 21. Juli 1941 wurde er einem Sondergericht überstellt. Nur acht Zeugen waren geladen. Nach sechsstündiger Verhandlung wurde das Todesurteil gefällt und am Morgen darauf im Strafgefängnis Berlin-Plötzensee von Scharfrichter Johann Reichhart mit dem Fallbeil vollstreckt.

Dirnenmord in Berlin

Der Fall Erwin Schottke (1954)

Am 4. Dezember 1954, gegen 7.30 Uhr, entdeckten Arbeiter auf einem Ruinengrundstück in Berlin-Charlottenburg eine weibliche Leiche. Der Anblick war reichlich obszön: Die Tote lag mit gespreizten Beinen auf dem Rücken, etwa 15 Meter von der Straße entfernt neben einem Steinstapel, und war der Sicht von der Straße durch eine Baubude mit anschließenden Gerätekisten nur teilweise freigegeben. Die Oberbekleidung war nach oben geschoben, der Unterkörper der Leiche unbedeckt. An den Oberschenkeln und am Unterleib waren blutunterlaufene Flecken feststellbar. Der Kopf lag in einer geronnenen Blutlache. In unmittelbarer Nähe des Kopfes waren am Steinstapel und an herumliegenden Steinen einige Blutspritzer zu erkennen.

Im Gesicht wies die Tote erhebliche Verletzungen auf, die offensichtlich von Schlägen mit einem stumpfkantigen Werkzeug herrührten. Am Hals zeigte die Leiche an beiden Schlagaderseiten mehrere sichelartige Verletzungen und am Kehlkopf zwei übereinander mit den Halbmondöffnungen entgegengesetzt liegende Eindrücke, die den sicheren Schluss zuließen, dass der Täter sein Opfer mit beiden Händen gewürgt hatte. Abwehrverletzungen wurden am Körper nicht gefunden. Die Leichenstarre war noch nicht nachweisbar; die Leiche konnte daher nur wenige Stunden dort liegen.

Die Tote hatte weder einen Ausweis noch sonstige Papiere bei sich. Bargeld und Schmuckgegenstände wurden bei ihr ebenfalls nicht gefunden. Ihre Kleidung war stark verschmutzt; im Büstenhalter trug sie als »Füllmaterial« Wäsche zum Wechseln.

Etwa sieben Meter hinter der Ermordeten lag ein blutüberlaufener Mauerstein, der als vermutliches Tatwerkzeug angesehen wurde. Der linke Schuh der Toten befand sich in unmittelbarer Nähe des linken Fußes, der rechte hingegen hinter der Baubude an einer Gerätekiste. Von dort bis zum Fundort waren über eine Strecke von circa sechs Metern Schleifspuren festzustellen.

Aus der Lage der Leiche, deren Kleidung und dem Reinlichkeitszustand konnte gefolgert werden, dass es sich bei dem Opfer um eine Prostituierte handeln musste. Anhand des Tatortbefundes war als wahrscheinlich anzunehmen, dass die Ermordete die Absicht gehabt hatte, mit einem Mann auf einer der hinter der Baubude befindlichen Gerätekisten Geschlechtsverkehr auszuführen. Dabei war sie wohl bewusstlos gewürgt und vom Täter zum Fundort geschleift worden, wo schließlich der Mord durch Erwürgen mit gleichzeitigem oder auch nachfolgendem Schlagen mittels stumpfkantigen Gegenstandes stattgefunden hatte.

Der Erkennungsdienst identifizierte die Verstorbene noch am Vormittag des Tattages als die mehrfach vorbestrafte 35-jährige Prostituierte Elfriede Babicke. Die Obduktion ergab als Todesursache Erwürgen. Außerdem hatte die Frau am Kopf und im Gesicht Schläge mit einem stumpfen Gegenstand erhalten, wodurch es bei ihr zu Brüchen einiger Gesichtsknochen und der oberen

Schädelbasis gekommen war. Diese Verletzungen waren nicht ohne weiteres tödlich, aber geeignet, die Frau bewusstlos und handlungsunfähig zu machen. Ein vorangegangener Geschlechtsverkehr konnte nicht festgestellt werden. Das Fehlen jeglicher Abwehrverletzungen war ein Zeichen dafür, dass das Opfer von der Absicht des Täters nichts geahnt hatte und durch den wahrscheinlich plötzlichen und hinterhältigen Angriff überrascht wurde. Im Magen der Toten wurden Bierreste und unverdaute Bockwurststücke gefunden.

Unter den langen, ungepflegten Fingernägeln befand sich dunkler, fester Schmutz. Dieser wurde gesichert und mikroskopisch untersucht, obwohl infolge des Fehlens von Abwehrverletzungen kaum anzunehmen war, dass sich darin Hautteile, Barthaare oder Ähnliches befinden würden. Es konnten aber einige wenige graue Wollfusseln nachgewiesen werden. Andere Beweismittel, die zur Überführung des Täters hätten dienen können, waren weder am Tatort noch an der Leiche feststellbar.

Über das Motiv der Tat fehlte jeglicher Anhaltspunkt. Ausgehend von der Tatsache, dass es sich bei der Getöteten um eine Prostituierte handelte, erstreckten sich die Ermittlungen insbesondere auf den spezifischen Bekanntenkreis: Zuhälter und Absteigequartiere, in denen sie zu verkehren pflegte. Außerdem musste ermittelt werden, mit wem sie in der Nacht zum 4. Dezember 1954 zusammen war.

Die Nachforschungen ergaben, dass die Frau im Sommer 1953 in der Untersuchungshaftanstalt Berlin den dort einsitzenden und ihr bis dahin unbekannten Babicke geheiratet hatte und mit diesem in Scheidung lebte.

Da der Ehemann zur Tatzeit in einer geschlossenen Heilanstalt saß, schied er mit Sicherheit als Täter aus.

Elfriede Babicke ging vor allem am Stuttgarter Platz der gewerbsmäßigen Unzucht nach und war dort als »billige Prostituierte«, die hauptsächlich in Ruinen, Parks und Hausfluren »absteigen« ging, bekannt. Sie war ohne eigene Wohnung und hielt sich abwechselnd bei mehreren lesbisch veranlagten Frauen auf. Personen, die in Abwesenheit des Ehemannes bei der Getöteten als Zuhälter auftraten, konnten nicht ermittelt werden.

Durch Zeugenaussagen stand verhältnismäßig schnell und einwandfrei fest, dass die Frau ihren letzten Begleiter am 4. Dezember gegen 3 Uhr nachts an einem Würstchenstand in der Nähe des Stuttgarter Platzes kennengelernt und mit diesem ein Nachtlokal aufgesucht hatte. Die Arche Noah, welche beide etwa um 4.15 Uhr wieder verließen, war als Vergnügungs- und Verkehrslokal der in Berlin eintreffenden Fernlastfahrer bekannt. Von dort gingen Täter und Opfer den etwa fünfminütigen Weg zum Tatort und setzten auf der dem Tatort gegenüberliegenden Straßenseite einen im Lokal begonnenen Streit um fünf D-Mark fort. Offensichtlich hatte der Begleiter der Prostituierten fünf D-Mark »Anzahlung« auf den noch zu gewährenden Geschlechtsverkehr geleistet, den er nun von ihr forderte.

Von einem Zeugen wurde das Paar beobachtet, als es Punkt 4.30 Uhr auf dem Tatortgrundstück hinter der Baubude verschwand. Bis zu diesem Zeitpunkt wurden die Babicke und ihr letzter Begleiter von insgesamt 16 Zeugen gesehen, die von dem Unbekannten eine mehr oder weniger gute Personenbeschreibung abgeben konnten.

Nach dieser Zeit wurden weder der Mann noch die Frau von irgendwelchen Personen gesehen. Die angenommene Tatortzeit stimmte mit den angetroffenen Leichenerscheinungen überein. Als Täter kam deshalb in erster Linie dieser Unbekannte in Betracht.

Die verwertbare Personenbeschreibung des Verdächtigen wurde sofort in der Tagespresse veröffentlicht. Wesentliche Merkmale waren, dass dieser Mann rheinischen Dialekt sprach und an einer Daumenkuppe eine spaltartige, blutende Verletzung hatte.

Über das Motiv herrschte nach wie vor keine Klarheit. Gegen einen Lustmord sprach, dass sich der Täter eineinhalb Stunden lang in einem Lokal mit Elfriede Babicke unterhalten, sich anschließend noch auf der Straße mit ihr gestritten und sich auffällig verhalten hatte. Für ein Sexualdelikt sprach jedoch die hochgeschobene Kleidung der Toten.

Nach den ersten Feststellungen war klar, dass die Ermittlungen sehr breit angelegt werden mussten. Offenbar handelte es sich bei dem Täter also um einen rheinischen Dialekt sprechenden Mann, der aus der Bundesrepublik nach Westberlin gekommen war. Die Mordkommission stand daher vor der schwierigen Aufgabe, einen Mann zu ermitteln, der während seines wahrscheinlich kurzen Aufenthalts in Berlin einen Mord begangen hatte und von dem außer der Mundart lediglich in etwa das Aussehen bekannt war. Dass ihn insgesamt 16 Zeugen zusammen mit der Frau gesehen hatten, begünstigte die Ausweitung der Ermittlungen insofern, als es in erster Linie bei den zu überprüfenden Personen darauf ankam, deren Lichtbilder diesen Zeugen vorzulegen.

Nach der Veröffentlichung der Beschreibung des Tatverdächtigen wurde eine Belohnung von zweitausend D-Mark ausgeschrieben. Neben dem Bekanntenkreis der Babicke wurden die zur Tatzeit in Berlin anwesenden 270 Fernlastzüge aus Nord- und Westdeutschland ermittelt und deren Fahrer und Beifahrer überprüft; ferner solche Personen, die in gleicher oder ähnlicher Arbeitsweise als Gewalt- oder Sexualverbrecher in Erscheinung getreten waren.

Um verwertbares Fahndungsmaterial zu erhalten, wurde schließlich die Anfertigung von Bildzeichnungen in Betracht gezogen. Diese waren erforderlich, weil weder am Tatort noch am Körper der Ermordeten für Fahndungszwecke auswertbare Hinweise oder sonstige Anhaltspunkte zu erlangen waren. Entgegen der allgemein üblichen Handhabung in derartigen Fällen wurden die Zeugen zwecks Anfertigung des Täterbildes einzeln vorgeladen. Dabei ging man davon aus, dass bei der Vielzahl der Zeugen und deren Verschiedenheit im Hinblick auf Ausdrucksform und Intensität der Meinungsäußerung wesentliche Merkmale des Täters bei einer allgemeinen Absprache unter Umständen nicht mit in das Bild genommen würden.

Man erstellte also verschiedene Bilder nach den Angaben mehrerer Einzelzeugen zunächst zeichnerisch; jedes Einzelbild wurde den anderen Zeugen vorgelegt. Die sich so ergebende dem Täter am ähnlichsten sehende Zeichnung sollte dann als Grundlage für ein in einer Gemeinschaftsarbeit zu erstellendes Bild dienen. Infolge zeitlicher Verzögerungen musste jedoch davon Abstand genommen werden. Bei der Vorlage der Einzelbilder wurden zwei der

Zeichnungen allgemein als den Täter am besten darstellend bezeichnet, jedoch waren die Zeugen durchweg der Ansicht, dass diese Bilder noch einer Berichtigung bedurften, ohne sich darüber aber näher auslassen zu können. Aus diesem Grunde unterblieb eine Veröffentlichung der gezeichneten Täterbilder – es wurden insgesamt fünf hergestellt – jedoch verwendete man dieselben im internen Dienstbetrieb weiter.

Die erfolglose Überprüfung des Bekanntenkreises der Ermordeten erhärtete die Ansicht, dass es sich bei dem Täter um eine Person aus dem Bundesgebiet, insbesondere dem Rheinland, handeln müsste.

Aufgrund der Presseveröffentlichungen erschienen Ende Dezember 1954 zwei Kellner, die erklärten, einen Mann, wie er als Täter gesucht würde, in den Abendstunden des 3. Dezembers in einem Lokal am Stuttgarter Platz bedient zu haben. Sie waren der Ansicht, dass es sich bei diesem Unbekannten um den Gesuchten handeln müsste, weil die Personenbeschreibung einschließlich des Dialektes auf ihn zuträfe und weil dieser Unbekannte von einem der Kellner ein Heftpflaster für seine blutende Daumenwunde erbeten hatte.

Über diesen Unbekannten, der sich mehrmals rheinische Lieder vorspielen ließ, insbesondere das »Ich möch' zo Foss no Kölle gonn«, wussten sie zu berichten, dass er aus Düsseldorf stamme und die Absicht geäußert habe, am nächsten Tage dorthin zu fliegen. In dem Lokal hatte der Unbekannte eine Zeche von sechzig bis siebzig D-Mark gemacht. Diese Angaben der beiden Kellner fanden Bestätigung durch Aussagen verschiedener anderer Personen, die mit dem Unbekannten gesprochen hatten.

Kurze Zeit später erschien ein weiterer Zeuge, aus dessen Angaben zu schließen war, dass er in dem gleichen Lokal denselben Unbekannten kennengelernt hatte. Er berichtete nicht nur, dieser Unbekannte stamme aus Nordrhein-Westfalen und habe die Absicht geäußert, am nächsten Tage nach Düsseldorf zu fliegen, sondern gab weiter an, dass der Mann wahrscheinlich vor kurzem nach Verbüßung einer etwa einjährigen Haftzeit aus einem Gefängnis der DDR entlassen worden sei und sich aus Nordrhein-Westfalen 150 D-Mark für den Flug schicken lassen habe.

Nun wurden den Zeugen die gezeichneten Täterbilder vorgelegt. Auch sie tippten, wie die meisten, auf zwei Darstellungen, von denen sie behaupteten, dass sie dem Aussehen des Mannes, über den sie Angaben gemacht hatten, am ähnlichsten sähen.

In Auswertung der Mitteilungen wurde auch die Volkspolizei der DDR mit der Bitte um Überprüfung der entlassenen Häftlinge angesprochen. Ferner erhielten sämtliche in Westberlin befindlichen Gefängnisse, sozialen und caritativen Einrichtungen sowie die Flüchtlingslager Rundschreiben, in denen sie um Mitfahndung gebeten wurden. Die darauf eingegangenen Antworten zeigten aber nur negative Ergebnisse.

Nun wurde versucht, durch die Deutsche Bundespost die Geldeinzahler aus Nordrhein-Westfalen zu ermitteln, die um die Tatzeit herum den genannten Betrag von 150 D-Mark nach Berlin geschickt hatten. Dieses Unterfangen musste jedoch wegen der Kosten einer solchen Überprüfung (circa 2.500 bis 3.000 D-Mark), der dafür notwendigen Zeit (etwa zwei Monate) und der Vielzahl der durchzusehenden Postabschnitte (ungefähr 2,5 bis 3 Millionen) vorerst zurückgestellt werden.

Neben der Einbeziehung der Berliner Autobusbahnhöfe, Verkehrslokale von Fernfahrern und Großtankstellen sowie der Lokale am Eingang der Avus in die Ermittlungen setzte gleichzeitig die Überprüfung der Flugpassagiere ein, die am 4. Dezember 1954 Berlin in Richtung Hannover oder Düsseldorf verlassen hatten. Die Überprüfung dieses Personenkreises war relativ einfach, dennoch nahm sie einen erheblichen Umfang an. Schwierig war es dabei, die selbstzahlenden Passagiere zu ermitteln. Nach außerordentlich langwierigen und eingehenden Nachforschungen, bei denen mit Hilfe einer Fluggesellschaft mehrmals in London zwecks Auskunft über bestimmte Flugscheine nachgefragt wurde, war es schließlich möglich, sämtliche 175 Fluggäste zu überprüfen, wobei die letzten vier durch entsprechenden Aufruf in der Presse ausfindig gemacht wurden.

Noch während dieser Überprüfung erschien ein weiterer Zeuge, der erklärte, dass er zu einem nicht mehr näher zu bestimmenden Zeitpunkt in einem Kino im Südosten Berlins einen Mann kennengelernt habe, auf den die Beschreibung des Gesuchten zutreffe. Dieser Mann, der aus Düsseldorf stamme, dort verheiratet sei, seine Frau verlassen habe und etwa vier bis sechs Wochen vor dem Zeitpunkt des Kennenlernens als »politischer Flüchtling« in die DDR eingereist sei, habe seine Bekanntschaft gesucht, um eine Unterkunft zu finden. Am Tage des Kennenlernens sei er aus der DDR nach Westberlin geflüchtet. Der Unbekannte, dessen Namen er nicht nennen konnte, habe während seines Aufenthaltes in der DDR in Fürstenwalde gearbeitet, sei während des Krieges in Düsseldorf Flakhelfer gewesen und wolle nunmehr zu seiner Familie zurück. Ein Angebot, mit einem Fernlastfahrer kostenlos nach Hannover zu fahren, habe er mit der Begründung abgelehnt, dass er nicht durch »die Zone« fahren könne und daher den Luftweg benutzen müsse. Weiter konnte der Mann Anhaltspunkte über Stammlokale dieses Mannes in Düsseldorf geben. Das Zusammentreffen in dem Kino im Südosten Berlins konnte anhand des gesehenen Filmes auf die Zeit um den 1. November bestimmt werden, lag also über einen Monat vor der Tat.

Obwohl dieser Hinweis zunächst nicht unbedingt mit der Tat und dem Täter in Verbindung zu bringen war, sollte er dennoch den Ausgangspunkt zur Klärung des Mordfalles bilden. Auch diesem Zeugen wurden die zahlreichen Täterbilder vorgelegt, und er bezeichnete, wie viele andere vor ihm, die gleichen Darstellungen als dem Manne ähnlich. Nun war wohl zweifelsfrei davon auszugehen, dass der Unbekannte aus der DDR gekommen war, aus Düsseldorf stammte und dorthin auf dem Luftweg zurückkehren wollte.

Daraufhin wurde die Volkspolizei erneut um Mitfahndung und insbesondere um Benennung solcher Personen gebeten, die sich – aus Düsseldorf kommend – in Fürstenwalde als »politische Flüchtlinge« gemeldet und nach geraumer Zeit nach Westberlin abgesetzt hatten. Ein Erfolg war auch in diesem Falle nicht zu verzeichnen.

Gleichlaufend mit der nochmaligen Einbeziehung der Westberliner sozialen und caritativen Einrichtungen in die Ermittlungen wurden beim Senat Berlin die Karteien über ausgeflogene Flüchtlinge und über politische Rückwanderer überprüft, wovon die eine etwa 1200 und die andere circa 5000 Karteikarten beinhaltete. Doch auch diese Überprüfungen verliefen ergebnislos.

Da die Spuren des Täters in erster Linie in die Bundesrepublik und insbesondere in das Land Nordrhein-Westfalen mit dem Zentrum Düsseldorf wiesen und die Ermittlungen in Berlin erschöpft waren, wurde, um der Aufklärungsarbeit neue Impulse zu verleihen, nunmehr ein Versuch unternommen, der ausschlaggebend für den erfolgreichen Abschluss des Falles war und in seiner Art wohl zum ersten Mal durchgeführt wurde. Man ging davon aus, dass es sich bei dem Tatverdächtigen auf Grund der letzten Hinweise wahrscheinlich um einen Menschen handelte, der arbeitsunlustig, labilen Charakters und nicht sesshaft war. Von solchen Personen konnte man annehmen, dass sie bei ihrer »Wanderschaft« hier und dort straffällig wurden und sich somit bei einzelnen Kriminaldienststellen erkennungsdienstliches Material von ihnen befand.

Durch Funkspruch wurde nun das LKA Nordrhein-Westfalen in Düsseldorf gebeten, aus seiner Verbrecherlichtbildkartei Bilder von entsprechenden Personen zu übersenden, auf die – unabhängig von der Klasse der Grundeinteilung der Straftaten – die Personenbeschreibung des letzten Begleiters von Elfriede Babicke in etwa zutraf. Es war vorauszusehen, dass die Durchführung eines solchen Ersuchens mit großen Schwierigkeiten verbunden sein würde. Die Auswahl der Bilder durch das LKA in Düsseldorf wurde indes mit bemerkenswerter Sorgfalt und Schnelle getroffen. Durch die Übersendung der rund vierhundert Lichtbilder, die in drei Lieferungen erfolgte und etwa 14 Tage in Anspruch nahm, wurde die Tätigkeit der Berliner Mordkommission in vorbildlicher Weise unterstützt.

Nachdem die Bilder in Berlin vorlagen, wurden sie den Zeugen vorgelegt, die wesentliche Angaben gemacht und die gleichen Zeichnungen als dem Verdächtigen ähnlich bezeichnet hatten. Auf diese Weise stieß man endlich auf den 26-jährigen Bauarbeiter Erwin Schottke. Die nun einsetzenden Ermittlungen ergaben, dass der siebenmal – unter anderem wegen Urkundenfälschung, Betrugs, Unterschlagung und Diebstahls – vorbestrafte Schottke im Frühjahr 1954 seine in Düsseldorf lebende Ehefrau verlassen und sich in der Bundesrepublik ziellos herumgetrieben hatte. Ende September war er als politischer Flüchtling in die DDR gereist, wo er vom Auffanglager Fürstenwalde in einen Ort in die Nähe von Spremberg verwiesen wurde. Dort hielt er es jedoch nur etwa vier Wochen lang aus und kam am 28. Oktober nach Westberlin zurück. Schottke nächtigte einige Tage in der Bahnhofsmission Zoo, hielt sich bis Mitte November in einem Obdachlosenheim auf und trat dann erst wieder am 4. Dezember 1954 um 6 Uhr – also anderthalb Stunden nach der Tat – bei der Bahnhofsmission Zoo in Erscheinung. Zwei Tage später ging er nach Ostberlin zurück und begab sich anschließend zu einer Freundin in die Nähe von Calau. Im November 1954 hatte er vom Bezirksamt Berlin-Charlottenburg, Abteilung Sozialwesen, einen Kostenübernahmeschein für die Flugreise Berlin – Hannover und die Bahnfahrt Hannover – Düsseldorf bekommen, aber den Flug aus unerklärbaren Gründen nicht angetreten, so dass seine Aufnahme in die Zentralkartei der Ausgeflogenen beim Senat von Berlin nicht erfolgte.

Aufgrund der geschilderten Feststellungen, die Schottke in starkem Maße verdächtig erscheinen ließen, wurde die Volkspolizei nach zehnwöchiger Ermittlungsarbeit am 12. Februar 1955 durch Fernschreiben um die Festnahme Schottkes ersucht. Dieser wurde am 23. Februar 1955 in der DDR festgesetzt und gestand die Tat sofort. Das in der Arche Noah am 3. Dezember 1954 ausgegebene Geld in Höhe von sechzig bis siebzig D-Mark hatte er am gleichen Tage Bekannten, bei denen er von Mitte November bis zum 3. Dezember 1954 gewohnt hatte, gestohlen.

Die extrem sorgfältig geführten Ermittlungsmaßnahmen hatten in diesem Fall also endlich doch zum Erfolg geführt.

II. Kriminalfälle aus dem Raum Brandenburg

Der verrückte Tischler

Der Fall Ludwig Tessnow (1898–1901)

Ludwig Tessnow wurde am 15. Februar 1872 im damaligen Kreis Randow unehelich geboren. Sein Vater war Alkoholiker, die Mutter litt seit ihrer Jugend zeitweilig an tiefen Ohnmachten und Schwindelanfällen. Ein älterer Bruder war gleichfalls Trinker und Raufbold, der wegen Totschlags zu acht Jahren Zuchthaus verurteilt wurde und sich im Gefängnis erhängte.

Tessnow selbst war recht schwächlich; als kleines Kind litt er an Krämpfen, während der Schulzeit an Ohnmachten, er klagte oft über Kopfschmerzen und tat sich recht schwer mit dem Lernen. Mit etwa 18 Jahren soll er im Verlauf einer Schlägerei verletzt worden sein und seitdem noch mehr an linksseitigem Kopfschmerz und Schwindelanfällen gelitten haben.

Tessnow führte ein recht unstetes Leben und wechselte häufig die Arbeit, weil er sich, wie er sagte, über Meister oder Mitarbeiter geärgert habe. Von Zeit zu Zeit gab er sich dem Alkohol hin und trieb sich tagelang ziellos herum. Geschlechtsverkehr hatte er zwar, jedoch nur sehr selten. Er fiel durch sein stilles Wesen, einen scheuen Blick und ein häufiges Vor-sich-hin-Lächeln auf, war leicht empfindlich, selten gesellig und gesprächig. Jahrelang beschäftigte ihn der Plan einer Maschine, die ohne Feuerung

Kraft erzeugen und sich gleichzeitig in steter Bewegung halten könne.

Am 9. September 1898 verübte Tessnow bei Lechtingen in der Nähe von Osnabrück an zwei Schulmädchen (eines war sieben, das andere zehn Jahre alt) einen grausamen Doppelmord, der ihm jedoch zunächst nicht nachgewiesen werden konnte. Die Kinder waren morgens auf dem Schulweg durch ein kleines, von Wiesen umgebenes Gehölz gegangen und ihm dabei vermutlich begegnet. Als man sie später tot auffand, hatte das eine Kind einen durchschnittenen Hals, und der Rumpf war aufgeschnittenen, während dem anderen Kind der Kopf abgeschnitten, der Brustkorb in der Lendenwirbelsäule vom Becken abgetrennt und letzteres in der Kreuzbeinfuge halbiert worden war. Außerdem waren ein Arm im Schultergelenk und ein Unterschenkel im Kniegelenk ausgelöst worden; an verschiedenen Stellen war die Haut abgelöst. Die einzelnen Leichenteile fanden sich auf einer Fläche von einem Kilometer verstreut; dazwischen lagen die Schultaschen und Kleidungsstücke.

Noch am gleichen Tag verhaftete die Polizei den in der Gegend vagabundierenden Tessnow. Schnell wurde festgestellt: Ein am Tatort gefundener Knopf stammte zweifelsfrei von seiner Jacke. Zudem befanden sich an seinem Anzug verdächtige Flecken, die von Blut herrührend konnten. Tessnow gab an, die auffälligen Flecken seien Holzbeize, die er als Tischlergeselle abbekommen habe. Etwas mit der Tat zu tun zu haben, bestritt er vehement.

Die Polizei glaubte ihm, denn zur damaligen Zeit ging man davon aus, dass nur ein Geisteskranker der Urheber dieser grausamen Tat sein konnte. Der Tischlergeselle

Tessnow ließ keine Anzeichen einer solchen Krankheit erkenne. Mangels Beweisen wurde er aus der Haft entlassen.

Etwa drei Jahre später ereignete sich ein Fall, der Parallelen zu der Tat in Lechtingen aufwies. Es geschah am Abend des 1. Juli 1901 im Ostseebad Göhren auf Rügen. Zwei Brüder, die fünf- und siebenjährigen Söhne des Fuhrmanns Grawert, verschwanden und wurden erst am nächsten Morgen aufgefunden. Ihre Körper wurden ähnlich zugerichtet und grausam verstümmelt. Dem jüngeren Sohn hatte der Mörder den Schädel zertrümmert, den Hals bis zur Wirbelsäule durchtrennt und den gesamten Unterleib aufgeschnitten. Die innere Organe und Därme traten heraus, das Herz fehlte. Dem älteren Jungen wurde ebenfalls der Schädel eingeschlagen und sein Leib in der Mitte durchtrennt. Der Unterkörper mit den Beinen war zunächst unauffindbar, konnte aber später in der Nähe entdeckt werden. Gleichfalls fand man einen Stein, der Flecken aufwies, die von Blut stammen konnten.

Wieder geriet Tessnow in Verdacht. Er lebte in der Nähe des Tatorts in Baabe und war von einer Obsthändlerin beobachtet worden, wie er am Tag des Mordes mit den Jungen gesprochen hatte. Seine Verhaftung erfolgte noch am Abend des 2. Juli. Wieder fanden sich auf seinem Anzug – er trug seinen Sonntagsanzug – zahlreiche Flecken; wieder sagte er aus, dass es Tischlerbeize sei.

Indessen erinnerte sich der Greifswalder Untersuchungsrichter, Justizrat Johann Schmidt, an den Fall aus Lechtingen. Und ein weiteres Vorkommnis bestätigte den Verdacht gegen Tessnow: Wenige Tage zuvor waren auf einer Weide Schafe getötet und zerstückelt worden. Ihre

Überbleibsel fand man im Gelände verstreut. Der Landwirt sah den fliehenden Täter und identifizierte Tessnow bei der Gegenüberstellung zweifelsfrei.

Um nun herauszufinden, worum es sich bei den Flecken auf Tessnows Anzug handelte, beauftragte der Untersuchungsrichter Paul Uhlenhuth, einen ehemaligen Mitarbeiter des renommierten Mediziners und Arzneimittelforschers Robert Koch, mit der Analyse der Kleidung. Dieser Wissenschaftler hatte vor kurzem den Blut-Präzipitin-Test entwickelt, die erste Methode, mit der Menschen- und Tierblut nachgewiesen werden konnte. Das rechtsmedizinische Fachgutachten wurde im August 1901 abgegeben: Die Flecken auf dem Stein und dem Sonntagsanzug waren Blutflecken. Insgesamt fanden sich sieben Blutflecken an der Hose, sechs am Rock, je vier an der Weste und am Hut und einer am Hemd. Am 28. Juni 1902 konnte Uhlenhuth dann noch nachweisen, dass es sich bei den Blutflecken um Menschenblut handelte.

Nach diesem Gutachten stand Tessnow bei dem Prozess in Greifswald mit dem Rücken zur Wand. Nun gab er an, das Blut stamme von einer alten Handverletzung, was das Gericht jedoch nur als Schutzbehauptung erachtete. Man fällte daher das Urteil: Todesstrafe. Als der Termin der Hinrichtung verkündet wurde, erlitt Tessnow einen möglicherweise vorgetäuschten epileptischen Anfall. In dessen Folge wurde eine psychiatrische Untersuchung angewiesen. Obwohl verschiedene Ärzte ihn als zurechnungsunfähig beurteilten, wurde das Todesurteil bestätigt.

Im Schlussbericht des Geheimrats Dr. Knecht hieß es: »Dieser Ausgang schließt manche Lehre in sich. Zunächst zeigt er, wie selbst gebildete und angesehene Juristen ganz gewöhnlichen Formen psychischer Störung – denn in psychiatrischer Beziehung bietet der Fall Tessnow wenig Bemerkenswertes – verständnislos gegenüberstehen. Er weist darauf hin, wie dringlich eine bessere Vorbildung der Juristen auf diesem Gebiete ist und wie wir Psychiater bestrebt sein müssen, durch Vereinigung mit den Vertretern des Richterstandes in forensisch-psychiatrischen Vereinen das Verständnis für psychische Krankheitszustände in diesen Kreisen zu wecken und zu beleben. Er weist aber auch darauf hin, wie wichtig eine sichere Verwahrung krimineller Geisteskranker ist, als sie jetzt vielerorts geboten werden kann. Denn die Sorge um eine sichere Verwahrung des Täters steht auch im vorliegenden Falle unzweifelhaft im Hintergrunde des Wahrspruchs der Geschworenen ... Endlich drängt die Entscheidung der Geschworenen in einem solchen Fall die Frage auf, ob es im Interesse der Rechtssicherheit liegt, dass die Geschworenen, die, so tüchtige Männer sie in ihrem Berufe sein mögen, doch unmöglich ein tieferes Verständnis in psychiatrischen Fragen besitzen können als der Vertreter der Anklage, sich ohne weiteres über das Gutachten der höchsten ärztlichen Autorität im Staate (Medizinalkollegium für Pommern) hinwegsetzen.«

Über Ludwig Tessnows weiteres Schicksal gibt es unterschiedliche Berichte. Angeblich wurde er auf dem Hof des Greifswalder Gefängnisses enthauptet. Einem Strafverteidiger zufolge soll die Strafe jedoch abgemildert worden sein. Demnach erhielt Tessnow eine lebenslange Zuchthausstrafe. Weder die Hinrichtung noch die Haft sind aktenkundig.

Der Förstermörder der Tucheler Heide

Der Fall Franz Kleinschmidt (1916–1918)

Während des Ersten Weltkrieges waren die Wälder Westpreußens, Posens und Oberschlesiens wegen ihrer zahlreichen Fälle von Wilderei berüchtigt und für Forstbeamte besonders gefährlich. Einer der gefürchtetsten Wilddiebe war der berüchtigte Franz Kleinschmidt, den man den »Schrecken der Tucheler Heide« nannte.

Kleinschmidt, der Prototyp eines Gewaltverbrechers, war als Sohn eines Ziegeleibesitzers in Westpreußen geboren und von Beruf Dampfpflugmaschinist. Seit Oktober 1916 war er fahnenflüchtig von einer Festungseinheit in Thorn und trieb sich nun wildernd, mordend und raubend in den großen Wäldern Westpreußens umher. In den drei Jahren seines Räuberlebens vernichtete er in den damals preußischen Forsten zwischen Konitz, Tuchel und Preußisch Stargard den reichen Wildbestand fast völlig und legte außerdem zahlreiche Waldbrände.

Die Reihe der von ihm begangenen Gewalttaten begann mit der Ermordung des Försters Weber. Dieser war als Hilfsförster auf der Oberförsterei Charlottenthal tätig. Wiederholt stieß Weber mit Forst- und Jagdfrevlern zusammen und wurde von diesen auch bedroht. Seiner auswärts wohnenden Frau schrieb er am 13. August 1916 einen längeren Brief, worin er die Schwierigkeiten und die Gefährlichkeit seines Dienstes schilderte. Er habe Rehschlingen im Revier gefunden, und sein Vorgesetzter habe angeordnet, dass er und ein Kollege sich abwechselnd in der Nähe der gefundenen Schlingen ansetzen sollten. Sein Dienst beginne morgen, Montag, um 3 Uhr in der Frühe, nach drei Stunden werde ihn der erwähnte Kollege ablösen.

Weber trat seine Schicht wie angekündigt an. Durch ein Missverständnis erschien sein Kollege aber nicht zur bestimmten Zeit, sondern erst am nächsten Morgen. Er hatte keine Ahnung, dass Weber in der Zwischenzeit nicht in seine Unterkunft zurückgekehrt war. Den Wirtsleuten war dies zwar aufgefallen, sie hatten jedoch der Oberförsterei keine Mitteilung davon gemacht.

Der ablösende Förster fand seinen also Kollegen nicht vor, wohl aber Spuren eines Kampfes. Zerstampfter Waldboden und eine Blutlache ließen ihn nichts Gutes ahnen. Als er einer Schleifspur folgte, stieß er auf die Leiche des Försters, der auf grausame Weise ermordet seitwärts der Rehschlingen im Unterholz lag. Herbeigeholte Helfer stellten fest, dass Weber vier tiefe Messerstiche ins Genick erhalten hatte und dann mit Knüppeln erschlagen worden war. Hut und Drilling des Beamten fehlten.

Als die Ermittlungen zu nichts führten, teilte ein Landsturmmann der Polizei mit, dass ihm der bei seiner Kompanie dienende Kleinschmidt vertraulich mitgeteilt habe, er wildere bei seinen Beurlaubungen stets in der Gegend, in der der Förster Weber ermordet worden sei. Zwei Tage nach der Ermordung habe er ihm dann erzählt, dass er mit anderen einem »Förster das Licht ausgepustet« habe. Der Förster sei »ohne Schrei und Blut« erledigt worden.

Daraufhin wurde bei der Kompanie angefragt und festgestellt, dass Kleinschmidt zur Zeit des Mordes auf Urlaub in der Nähe des Tatortes gewesen war. Dieser muss irgendwie von der Anfrage erfahren haben und ergriff die Fahnenflucht.

Die Wilderei nahm bald darauf in erschreckendem Maße zu, so dass die Forstverwaltung den Schutzdienst nunmehr verstärkte. Wiederholt hatte Kleinschmidt Zusammenstöße mit Forstbeamten, die aber zunächst meist glimpflich abliefen. In allen Fällen erreichte die Förster einige Tage später ein Drohbrief, der seine Wirkung oft nicht verfehlte. Man kannte ja die Rachsucht des gefürchteten Wilderers und wusste, dass seine Drohungen ernst zu nehmen waren. Gegen einen Schuss aus dem Hinterhalt nutzte auch die größte Vorsicht nichts.

Ende August 1917 stieß dann der Forstaufseher Bechthold von der Försterei Jatty mit Kleinschmidt zusammen. Nachmittags kam er in größter Aufregung nach Hause und erzählte seiner Frau, dass er auf einen Wilddieb geschossen habe. Einige Tage später setzte er sich auf seinem Dienstlande abends auf Schwarzwild an. Von diesem Ansitz kehrte er erst in der Dunkelheit zurück. Er berichtete, dass er in der Nähe Geräusche vernommen habe, die nur von einem schleichenden Menschen – wahrscheinlich einem Wilderer – herrühren konnten. Er habe jedoch wegen der Dunkelheit niemanden ausgemacht.

Am anderen Abend ging er abermals auf den Ansitz – und kehrte nicht wieder von dort zurück. Die Försterin fand ihren Mann schließlich erschossen auf. Er hatte zwei Schrotschüsse aus nächster Nähe in die Brust erhalten. Eineinhalb Meter von der Leiche entfernt fanden sich Fußspuren und abgeschossene Zweigspitzen in der Nähe bewiesen, dass der Mörder dort angesessen und sein Opfer aus dem Hinterhalt erschossen hatte.

In der rechten Uniformtasche Bechtholds befand sich noch die gespannte Pistole. Der Förster war überhaupt nicht dazu gekommen, sie zu ziehen. Beide Schüsse hatte er überraschend in die Brust erhalten und war sofort tot, den Drilling hatte der Mörder geraubt.

Neben der Leiche fand man die Überreste der Patronenpfropfen aus dem Gewehr des Täters; sie waren aus Papier, und die Zusammenstellung ihrer Reste ergab, dass sie von einer polnischen Zeitung herrührten. Es gab von vornherein keinen Zweifel, dass der Forstaufseher Bechthold der Rache Kleinschmidts zum Opfer gefallen war.

Nun wurde der Kommandojäger Otto Busdorf aus Berlin in die Tucheler Heide entsandt und übernahm, um nicht Misstrauen bei der Bevölkerung zu erregen, zunächst den Forst- und Jagdschutz in der Försterei des Ermordeten. Zugleich wurden mehrere Jäger vom II. Jägerbataillon zu seiner Unterstützung abkommandiert, die er auf die besonders gefährdeten Förstereien verteilte.

Ein an die entsprechenden Forste angrenzendes Gut wurde von dem etwa sechzigjährigen Verwalter Hannemann bewirtschaftet. Dieser Mann, der ein sehr guter Jäger war, spürte den gefährlichen Wilderer Kleinschmidt mehrmals auf, konnte ihn jedoch gleichfalls nicht fassen. Am 26. Oktober 1917 setzte sich Hannemann in seiner Feldmark an. Als seine Frau bei einbrechender Dunkelheit hinausfuhr, um ihn abzuholen, hörte sie hintereinander drei Schüsse fallen. Das erschien ihr verdächtig, da ihr Mann eine Doppelflinte führte. Vergeblich wartete sie an der verabredeten Stelle, auf entsprechende Rufe erhielt sie keine Antwort. Die sofort veranlasste Suche mit allen verfügbaren Arbeitern und Kriegsgefangenen verlief erfolglos. Erst anderntags fand man Hannemann erschossen auf. Busdorf wurde erneut verständigt.

Die Besichtigung des Tatortes ergab, dass der Verwalter hinter einem Wacholder auf dem Jagdstock gesessen und von hier aus einen Wilddieb beobachtet hatte, der aus einer Kiefernschonung, zwanzig Schritte vor ihm, herausgetreten war. Nach Anruf war der Wilderer hinter einen dichten Wacholder gesprungen und hatte so eine vorzügliche Deckung gefunden. Zwei von Hannemann auf ihn abgegebene Schrotschüsse waren vollkommen wirkungslos geblieben, denn das feste Holz der dichten Wacholderzweige hatte sämtliche Schrote aufgehalten. Nun schoss der Wilddieb aus der Deckung heraus auf den Verwalter, den die volle Schrotladung in die Brust traf. Der Wilderer ergriff die Flucht, und Hannemann folgte ihm trotz seiner schweren Verwundung ein Stück, wie die Blutspuren zeigten. Nach 25 Schritten brach er zusammen. Seine Doppelflinte hatte er im Laufen laden wollen, denn beide Patronen waren in seiner Hand. Er lag auf dem Gesicht, das Gewehr unter ihm.

Die beschriebenen Vorgänge ließen sich an Hand der deutlich sichtbaren Fußspuren, an den Schroteinschlägen und der Lage der Patronenpfropfen nachweisen. Der Vergleich der Fußspuren des Täters mit einem Gipsabdruck zeigte ganz klar, dass es sich erneut um Kleinschmidt handeln musste. Die eigenartige Anordnung seiner Sohlennägel war so charakteristisch, dass seine Fußspur unverkennbar war. Die Verfolgung der Spur war erfolglos, sie verlief sich auf der sehr belebten Landstraße.

Nach dem Mord wandte sich Kleinschmidt nach Grünthal, wo ihn Hegemeister Beisert und zwei seiner Jäger auf frischer Tat ertappten und auf ihn schossen. Kleinschmidt konnte unverletzt fliehen, Beisert erhielt daraufhin ebenfalls Drohbriefe. Nun wurden die Nachforschungen und Anstrengungen, des Wilddiebs und Mörders habhaft zu werden, verdoppelt. Doch Kleinschmidt schien die Gegend verlassen zu haben. Er wurde schließlich in der weit entfernten Försterei Elisenthal aufgespürt.

Dorthin verlegte Busdorf seinen Aufenthalt. Inzwischen hatte er sich einen ihm bekannten Berliner Vertrauensmann zu Hilfe geholt, der es bald verstand, Beschäftigung in der Nähe der Wohnung von Kleinschmidts Schwester, die dieser des Öfteren aufsuchte, zu finden und Freundschaft mit der Verwandtschaft des Wilderers zu schließen. Busdorfs Jägerkommando war auf vierzig Mann verstärkt worden, und er konnte nun hoffen, den Gesuchten endlich dingfest zu machen.

Anfang Februar 1918 erhielt Busdorf glaubhafte Nachricht, dass sich der Verbrecher in der Gegend der Oberförsterei Königsbruch gezeigt habe. Sofort siedelte er mit einem Kommandojäger dorthin über. Doch Kleinschmidt konnte immer noch nicht dingfest gemacht werden.

Eines Vormittags im April 1918 stand der Hegemeister Beisert bei seinen Arbeitern, die Kunstdünger streuten. Kurz vor 12 Uhr mittags verließ er die Arbeiter, um sich nach Hause zu begeben. Entgegen Busdorfs dringender Ermahnung, nie ohne Kommandojäger das Haus zu verlassen, befand er sich allein. Auf dem Weg musste er, an einem Bache entlanggehend, ein Fichtendickicht passieren. Als er an dieser Stelle sein mochte, hörten die Arbeiter kurz hintereinander zwei Schüsse fallen, doch sie dachten sich dabei nichts weiter. Bedenklich erschien die Sache erst, als der Hegemeister nicht zum Essen erschien.

Nach kurzer Suche fand man ihn erschossen auf dem Fußsteig am Bache liegend. Die Leiche lag auf dem Gesicht, die geladene und entsicherte Büchse daneben. In starrem Entsetzen waren die Augen aufgerissen. Um eine Ecke des dichten Fichtenmantels biegend, muss Beisert seinen Todfeind plötzlich im Anschlag gesehen haben. In neun Metern Entfernung waren dessen Fußabdrücke deutlich sichtbar. Kleinschmidt hatte zuvor den bei seinen Leuten stehenden Hegemeister beobachtet, dann an dieser Stelle Aufstellung genommen und längere Zeit dort gestanden, wie an den Fußspuren deutlich zu erkennen war. Beisert musste, als er den Wilderer erblickte, versucht haben, seine Büchse von der Schulter zu reißen. In dem Moment zertrümmerte ihm schon der erste Schrotschuss die Finger der linken Hand vollständig, das Gewehr wurde dabei weggeschleudert. Dann traf ihn die volle Ladung des zweiten Schrotschusses in die Brust. Er muss sofort tot gewesen sein.

Ohne Zweifel war wiederum Kleinschmidt der Täter. Ein sofort geholter Polizeihund, von dem die Presse fast täglich Wunderdinge zu berichten wusste, versagte vollkommen. Obwohl alle Forst- und Polizeibeamten sowie sämtliche Kommandojäger die öffentlichen Straßen und Waldwege besetzten und alle bekannten Schlupfwinkel des Verbrechers durchsuchten, verliefen die Nachforschungen erfolglos. Kleinschmidt hatte, nachdem sein Rachegefühl befriedigt war, die Gegend wieder verlassen.

Dann endlich ereilte auch Kleinschmidt das Schicksal. Der Kommandojäger Vollmeyer vom II. Jägerbataillon hörte am 15. August 1918, gegen 5 Uhr früh, im Bezirk der Försterei »Waldhaus« einen verdächtigen Schuss, dem er sofort nachging. In großer Entfernung sah er einen Mann ein Gestell herunterkommen und erkannte aus guter Deckung, dass dieser eine Försteruniform trug. Das Gewehr trug er am Riemen übergehängt. Ungefähr dreißig Meter vor seinem Versteck blieb der »Förster« stehen, holte einen Spiegel aus der Tasche und kämmte sich. Jetzt erkannte der Jäger, dass er keinen wirklichen Förster vor sich hatte. Der Mann trug zwar eine grüne Joppe und am grünen Hut ein Abzeichen, sah aber derart unrasiert und verkommen aus, dass Vollmeyer sofort auf einen Wilderer schloss, der seit längerer Zeit draußen im Walde kampierte.

Auf mehrere drohende Anrufe hin ließ der Mann zwar das Gewehr mit der Mündung auf den Waldboden sinken, legte es aber noch nicht ab. Erst ein dritter Zuruf bestimmte den Fremden, die Waffe fallen zu lassen. Dem weiteren Befehl: »Hände hoch, zehn Schritte zurück!«, kam der Wilderer nur zögernd nach. Mit schussbereitem Gewehr trat Vollmeyer nun aus seiner Deckung. Als er sich bückte, um das Gewehr aufzunehmen, stürzte der Wilderer mit lautem Gebrüll auf ihn zu, um ihn zu verwirren. Sofort ging Vollmeyer in Anschlag und wäre dennoch um Haaresbreite seinem Angreifer zum Opfer gefallen, denn blitzschnell bückte sich dieser im Lauf und zog einen langen Dolch aus dem Stiefelschaft, um ihn dem Jäger in den Bauch zu stoßen. Da traf ihn in gebückter Stellung das abgefeuerte Geschoss Vollmeyers. Es durchschlug den Körper, von der Schulter bis zu den Hüften, und stoppte schlagartig den Angriff. Der Wilderer brach auf der Stelle tot zusammen. Es war – Franz Kleinschmidt.

So endete der gefährliche, vielfache Förstermörder und Gewaltverbrecher, den zeitlebens nur glühender Hass bestimmt hatte. Welche konkreten Verbrechen auf sein Konto gingen, konnte niemals restlos geklärt werden. Nie hatte Kleinschmidt einen Freund oder Helfer gehabt, dem er sich anvertraut hätte; alle seine Geheimnisse nahm er mit ins Grab.

Onkel »Ticktack« und der Tod

Der Fall Adolf Seefeld (ca. 1930–1935)

Es war der 2. Oktober 1934, ein milder und angenehmer Herbsttag. Da kam der siebenjährige Schüler Günther Tieke aus Oranienburg bei Berlin nicht nach Hause. Das war ungewöhnlich, denn Günther war ein ordentlicher Junge, und er war bisher noch kein einziges Mal unpünktlich gewesen. Was mochte vorgefallen sein? Zunächst fand man keine Antwort darauf.

Die gleichaltrigen Mitschüler hatten ihn aus den Augen verloren, als er ausnahmsweise vom üblichen Nachhauseweg abgewichen und mit einem älteren Mann über eine Ausfallstraße der Stadt spaziert war, um dort offenbar Kastanien zu sammeln. Diese standen bei den meisten Kindern hoch im Kurs, konnte man sie doch in größeren Mengen an Lagerhäuser verkaufen und sich auf diese Weise das Taschengeld ein bisschen aufbessern. Auch mehrere Bürger der Stadt wollten den Jungen mit dem Mann gesehen haben, sie bestätigten außerdem, dass Günther eine kurze blaue Hose und eine Strickweste getragen habe. Dies war besonders aufschlussreich, denn in letzter Zeit waren in Brandenburg und Pommern schon öfter kleinere Jungen in ähnlicher Kleidung verschwunden.

Vermutlich aus genau demselben Grund schaltete sich diesmal die zentrale Mordinspektion des Polizeipräsidiums Berlin ein, um sofortige Fahndungsmaßnahmen einzuleiten. Leider blieben sie zunächst ohne Erfolg, erst volle vier Wochen später entdeckte man – durch einen Zufall – unweit der Stadt Oranienburg in einer dichten Kiefernschonung die Leiche des kleinen Günther. Der Polizeibericht stellte lapidar fest, »dass die Leiche den Eindruck erweckte, als habe sich der Junge zum Schlafen niedergelegt und sei dann in dieser Lage verstorben«. Dabei hatte es sich bei jener Nacht keineswegs um eine Frostnacht gehandelt! Obwohl sich mehrere Sachverständige bemühten, gelang es ihnen nicht, eine präzise Todesursache festzustellen – nicht einmal durch Obduktion und Untersuchung des Mageninhalts.

Die Polizei stand vor einem Rätsel, der berühmte Leiter der Mordinspektion des Berliner Polizeipräsidiums, Kriminalrat Ernst Gennat, eingeschlossen. Dennoch stand für diesen Ermittler fest, dass es sich bei dem Täter, falls es sich denn um Mord handeln sollte, um einen Wiederholungstäter handeln musste. Denn in den letzten Monaten und Jahren hatte es im Norden Deutschlands zu viele ähnliche Fälle gegeben, als dass das Ganze eine harmlose Erklärung haben konnte. Gennat hatte deshalb in seinem Büro eine große Deutschlandkarte anbringen lassen und heftete an jeden der möglichen Tatorte ein farbiges Fähnchen.

Nur 14 Tage nach dem Verschwinden des kleinen Tieke musste Gennat zwei weitere Fähnchen auf seine Karte stecken: Am 16. Oktober 1934 kehrten in Neuruppin der viereinhalbjährige Arthur Dill und sein ein Jahr älterer Spielgefährte Edgar Dittrich nicht nach Hause zurück. Schon am nächsten Vormittag gelang es durch eine umfangreiche Suchaktion, die Leichen an der Straße Neuruppin–Alt Ruppin aufzufinden. Sie lagen in der kleinen

Mulde einer dichten Schonung und hielten sich eng umschlungen – es sah aus, als wenn sie sich, vollkommen übermüdet, dort zum Schlafen niedergelegt hätten. Nachdenklich blickte Gennat auf das friedliche Bild. Um Mord konnte es sich hier wohl nicht handeln, denn unmittelbar neben den Leichen und zwischen den Lippen des kleinen Dill fanden sich die Reste eines Fliegenpilzes. Auch Verletzungen waren nicht festzustellen. Die Kinder hatten also wohl die giftigen Pilze probiert und waren daran verstorben. Mehrere Gutachter bestätigten denn auch diese Ansicht.

Vier Monate lang passierte nichts und Kriminalrat Gennat, den nicht nur sein ermittlerisches Gespür, sondern auch seine Körperfülle auszeichneten, gab sich schon der Hoffnung hin, die unheimliche Serie könnte eventuell beendet sein, da kam es zu zwei weiteren Fällen.

Der zehnjährige Hans Jochen Neumann wurde von einem Fischhändler, einem Freund seiner Eltern, im Lastwagen von Wismar zum Jahrmarkt nach Schwerin mitgenommen. Es war der 16. Februar 1935; ein relativ angenehmer Wintertag. Der Junge trug seinen Sonntagsanzug: eine kurze blaue Hose und eine fesche Kieler Bluse. Nachdem der Junge in Schwerin aus dem Lastwagen gestiegen und sich von dem Fischhändler verabschiedet hatte, war er verschwunden.

Nur fünf Tage später, am 21. Februar, wurde von anderen verzweifelten Eltern bei der Polizei in Schwerin eine Anzeige erstattet. Ihr Sohn Heinz Zimmermann habe morgens das Haus verlassen, um an einem Schulausflug teilzunehmen. Er sei aber weder an der Sammelstelle, von der die Klasse aufbrechen wollte, angekommen, noch am

Abend zu den Eltern zurückgekehrt. Seine Kleidung hatte aus einer kurzen blauen Hose, Söckchen, Halbschuhen und einer Windjacke bestanden.

Die sofort veranlassten Suchaktionen wurden zunächst durch Tauwetter und Schneeschmelze erschwert, das Waldgelände rund um Schwerin war außerdem riesengroß. Hinweise aus der Bevölkerung fehlten völlig: Kein Mensch hatte etwas Auffälliges beobachtet, niemand hatte die Jungen mit irgendwelchen Fremden gesehen. Die Suchaktionen wurden eingestellt, weil es sinnvoll erschien, zunächst trockenen Boden abzuwarten.

Gennat stocherte weiterhin verzweifelt im Nebel. Er intensivierte seine Nachforschungen und stieß schließlich auf drei weitere, teilweise schon mehrere Jahre zurückliegende Fälle. Sie waren bei den örtlichen Polizeiinspektionen gewissermaßen »stecken geblieben«, im Laufe der Zeit war Gras darüber gewachsen und man hatte die Akten als unerledigt archiviert.

So hatte der zwölfjährige Schüler Kurt Gnirk am 16. April 1935, dem Ostersonntag, seine elterliche Wohnung in Wittenberge verlassen. Er wollte ein paar Verwandte besuchen. Seine Kleidung erregte Gennats Interesse: Der Junge trug blaue Kieler Hosen und eine Matrosenbluse. Nur knapp zwei Tage nach seinem Verschwinden wurde die Leiche in einer Kiefernschonung entdeckt. Das Polizeiprotokoll meldete: »Der Befund erweckte den Eindruck, als wenn der Junge im Schlaf erfroren wäre.« Von weiteren Ermittlungen wurde deshalb abgesehen.

Bei der Potsdamer Polizei berichtete eine längere, verstaubte Notiz von dem achtjährigen Schüler Wolfgang

Metzdorf, der im gleichen Jahre, nur zwei Monate nach dem Wittenberger Fall, verschwunden war, als er sich auf dem Wege von seiner Großmutter zu seiner Urgroßmutter befand. Anhaltspunkte für ein Verbrechen hatte der Untersuchungsrichter nicht gesehen, auch dann nicht, als man die Leiche des Jungen beim Mähen in einem Roggenfeld entdeckte. Er hatte ebenfalls kurze blaue Hosen und eine Matrosenbluse getragen. Der Kreisarzt hielt eine Leichenöffnung für überflüssig, da es keinerlei Spuren von Gewaltanwendung gab. Aus dem gleichen Grunde wurde auch keine ordentliche Akte angelegt.

Und dann war da noch der elfjährige Schüler Erwin Wischnewski, der am 8. Oktober 1934 in Brandenburg an der Havel verschwand. Wieder glaubte man an einen Unglücksfall, denn die zahlreichen ähnlichen Vorfälle in vielen anderen norddeutschen Städten waren den Behörden schlichtweg nicht bekannt. Etwa fünf Wochen nach Erwins Verschwinden wurde die Leiche des Kindes – durch einen Zufall, nicht durch bewusste Suche – in einer dichten Schonung aufgefunden. Seine Kleidung: eine kurze blaue Hose und eine Matrosenbluse. Wegen der bereits deutlich fortgeschrittenen Verwesung ließ sich die genaue Todesursache nicht mehr feststellen. Also wurde das anhängige Verfahren nach kurzer Ermittlungstätigkeit wieder eingestellt.

Gennats Fähnchen im Berliner Polizeipräsidium mehrten sich in schrecklichem Ausmaß. Ein Recht zum direkten Eingreifen besaß er nicht, denn er war nicht »zuständig«, konnte also nicht einmal in Potsdam, geschweige denn in Schwerin Weisungen erteilen. Ihm blieb nur, still vor sich hinzugrübeln und seine Schlüsse zu ziehen.

Die meisten Fälle, die dazugekommen waren, ließen immer stärker vermuten, dass es sich bei ihnen um Morde durch ein- und denselben Täter handeln musste. Unfälle schloss Gennat aus, denn die Parallelen waren zu offensichtlich. Aber wo sollte man mit einer Fahndung ansetzen? Brauchbare Hinweise fehlten nach wie vor, lediglich eine Zeugenaussage wiederholte sich ein paarmal: Mehrere Jungen hatte man unmittelbar vor ihrem Verschwinden in Begleitung eines älteren Mannes gesehen, der in den jeweiligen Städten offenbar noch nie zuvor aufgetaucht war. Doch unter den achtzig Millionen Deutschen gab es einige Millionen ältere Männer. Wie sollte man hier vorgehen?

Es kam wohl nur eine Person in Frage, die häufig, möglicherweise beruflich, ihren Aufenthaltsort wechselte. Gennat musste an einen Vertreter oder Reisegewerbetreibenden denken. Außerdem suchte dieser Mensch Anschluss an kleinere Jungen und war offenbar auf kurze blaue Hosen »fixiert«. Aber leider konnte man nicht in der Tagespresse öffentlich dazu aufrufen, Personen zu melden, die sich für etwa zehnjährige Jungen in Kieler Hosen interessierten.

Dann schien man plötzlich aufatmen zu können: Mitte März 1935 wurde nach Hinweisen aus der Bevölkerung ein Reisender verhaftet, der angeblich häufig in Gesellschaft von Jungen gesehen wurde und der sich zur Tatzeit an mehreren Orten aufgehalten hatte, an denen man später die Leichen der Kinder fand. Doch kurz nach seiner Festnahme – noch bevor er von der Polizei eingehend verhört werden konnte – beging dieser etwa vierzigjährige Mann Selbstmord, indem er sich in seiner

Zelle erhängte. War er der Täter? Konnte er dem Ermittlungsdruck nicht länger standhalten? Konnten die Eltern von zehnjährigen Jungen nun wieder ganz beruhigt schlafen?

Sie konnten es nicht!

Die schreckliche Mordserie setzte sich fort. Acht Tage nach dem Selbstmord in der Polizeizelle verschwand in Wittenberge erneut ein Kind, der Schüler Günther Thomas. Bereits einen Tag später wurde seine Leiche in einer dichten Schonung »friedlich schlafend« aufgefunden. Jener Reisende konnte es also tatsächlich nicht gewesen sein – die Ähnlichkeit des neuerlichen Falles mit allen vorausgegangenen, immer noch unaufgeklärten, Fällen war mehr als deutlich.

Inzwischen hatte man – vermutlich auf Befehl des neu ernannten Reichskriminaldirektors Arthur Nebe – in Berlin eine Mordkommission unter Leitung des Kriminalrates Hans Lobbes, einen Schüler Gennats, eingesetzt, die die einzige Aufgabe hatte, die schrecklichen Kindermorde aufzuklären. Gennat wurde auf andere Aufgaben angesetzt, Lobbes und sein Team stürzten sich verbissen in die Arbeit.

Zunächst einmal ordnete man die Daten sämtlicher bis dahin bekannter Fälle. Dabei stellte man fest, dass sich zwischen März und August 1934 sowie in den Jahren 1928 und 1929, außerdem auch schon zwischen 1916 und 1926 kein einziger Mord vergleichbarer Art ereignet hatte. Was bedeutete das? War der Täter in diesen Zeiträumen verhindert, seinem schrecklichen Trieb nachzugehen? Hatte er eventuell hinter Schloss und Riegel gesessen?

Doch weshalb sollte man ihn dann immer wieder in Freiheit gesetzt haben?

Endlich kam man zu der Ansicht, dass der Täter vermutlich nicht in allen Fällen, in denen er zum Sexualverbrecher geworden war, gemordet hatte. War Mord vielleicht nur die Ausnahme gewesen? War es der letzte Ausweg des Täters, um nicht von seinen Opfern verraten zu werden? Gab es auch Fälle, die harmloser ausgingen?

Systematisch arbeitete sich nun die Sonderkommission unter Lobbes' Vorsitz voran. Bald kamen 44 Fälle zwischen Hamburg und Berlin ans Tageslicht, wobei stets ein älterer Mann versucht hatte, gut gekleidete Jungen anzulocken und zu entführen. Aber wie sollte man diesen Mann finden, da man doch nicht einmal eine genaue Personenbeschreibung von ihm besaß?

Unzählige Zeugen wurden vernommen, die Akten gegen den Unbekannten schwollen auf fünfhundert Seiten an. Ein gewisser Anhaltspunkt ergab sich beim bis dahin letzten Fall, dem des Schülers Thomas. Zeugen bekundeten, dass sie auch diesen Jungen am Tag seines Verschwindens in Begleitung eines freundlichen älteren Mannes gesehen hatten. Wenn sie sich auch in der Beschreibung dieses Mannes widersprachen, so wiederholte sich doch ein Merkmal: Der ältere Mann trug einen etwas komisch wirkenden grauen Hut mit hochgezogener Krempe.

Aus allen Teilen Norddeutschlands trafen nun Meldungen von Polizeibehörden ein, die Jungen vernommen hatten, deren Eltern sich nach den Presseveröffentlichungen meldeten. Immer wieder hieß es dabei: Ein älterer Mann habe sie angesprochen und ihnen gesagt, sie sollen mit ihm in den Wald gehen, er werde ihnen Rehe oder einen Fuchsbau oder Wildenten zeigen. Einigen habe er auch eine Taschenuhr ans Ohr gehalten und ihnen versprochen, er werde sie ihnen schenken, wenn sie mit ihm gingen. Anderen hatte er seltene Sammelbilder geschenkt oder in Aussicht gestellt. Alle diese Jungen waren jedoch, weil sie Angst bekamen, davongelaufen, hatten ihren Eltern aber zunächst nichts davon erzählt.

Nun kam der noch immer völlig im Dunkeln tappenden Sonderkommission wieder einmal der berühmte »Kommissar Zufall« zu Hilfe. Es ging nämlich nach Veröffentlichungen im Deutschen Kriminalpolizeiblatt eine wichtige Meldung ein: Die Gendarmeriestation von Bad Doberan wies auf den umherziehenden Uhrmacher Adolf Seefeld hin, der versucht hatte, einen achtjährigen Jungen durch Geschenkversprechungen in den Wald zu locken.

Das war höchst interessant, denn rasch fanden die Ermittler heraus, dass dieser Seefeld bereits seit dem Jahre 1895 (!) mehrfach und zwar erheblich wegen schwerer Sittlichkeitsverbrechen an kleinen Jungen vorbestraft war. Am 3. April 1935 erfolgte daher im Deutschen Kriminalpolizeiblatt die Veröffentlichung eines Bildes und der Handschrift Seefelds. Der Verdacht, dass er der unheimliche Kindermörder sein könnte, verdichtete sich.

Langsam zog sich die Schlinge um den alten Mann mit dem komischen Hut zusammen. Aber noch war das reißende Tier nicht gestellt. Nun meldeten sich aus verschiedenen Gegenden Polizeistationen bei dem Vorsitzenden der Berliner Sonderkommission. Zum Teil waren es lange zurückliegende Beobachtungen. So meldete beispielsweise die Gendarmerie Grabow, dass sie dort vor mehr als fünf Jahren – im Jahr 1930 – von einigen Müttern alarmiert worden sei, die gesehen hätten, wie ein alter Mann mit einigen Kindern Pferdchen gespielt habe. Er sagte zweien von ihnen, im Wald sei es noch viel schöner, Pferdchen zu spielen, worauf diese mit ihm gegangen seien. Als der alte Mann gerade dabei gewesen sei, mit den Jungen eine dichte Schonung zu betreten, hätten die besorgten Mütter die Gruppe erreicht. Der Alte sei daraufhin spurlos im dichten Unterholz verschwunden und nie wieder gesehen worden.

Eine der Frauen erklärte, den sonderbaren Alten wiedererkannt zu haben, er habe nämlich in ihrem Hause einmal ein paar defekte Uhren repariert. Er habe sich ihr seinerzeit als »Adolf Seefeld, Uhrmacher« vorgestellt. Die Gendarmerie Grabow tat ihre Pflicht und fahndete nach dem Mann. Als sie ihn aufstöberte, wurde er festgenommen. Dann aber geschah das Unbegreifliche: Der brave Hauptwachmeister von Grabow wurde beinahe lächerlich gemacht, weil er Seefeld festnahm. Sowohl die Staatsanwaltschaft als auch der Untersuchungsrichter weigerten sich, einen Haftbefehl zu erlassen. Man sah nämlich nichts Strafbares in der Tatsache, dass ein harmloser, alter Mann im Wald mit kleinen Jungen Pferdchen spielen wollte … Tatsächlich sollte dieser Mann zwischen 1930 und 1935 mindestens ein Dutzend Jungen töten. Dies wäre zu vermeiden gewesen, hätten die Grabower Juristen sich wenigstens das bemerkenswerte Vorstrafenregister dieses Mannes angesehen. Stattdessen setzte man ihn ohne weitere Prüfung auf freien Fuß.

Kommissar Lobbes holte nun endlich nach, was andere vor ihm versäumt hatten: Er überprüfte das Leben des Uhrmachers Seefeld. Was hatte dieser Mensch – mag man ihn nun für geisteskrank halten oder nicht – für ein furchtbares Leben gelebt?! Seefeld war 1870 geboren, inzwischen also 65 Jahre alt. Er stammte aus Potsdam. Sein Vater, der zunächst als fleißiger und sparsamer Mann gegolten hatte, war zuletzt zum Säufer geworden und im Armenhaus gestorben, die Mutter soll nach der Scheidung ein sexuell ausschweifendes Leben geführt haben. Adolf war das jüngste Kind, mühsam quälte er sich durch die Volksschule. Die Stiefmutter, die er im Alter von elf Jahren bekam, war »doof« und erzog ihn offenbar recht nachlässig. Unter den Brüdern war kein Trinker. Die neun Geschwister waren fleißig und nüchtern. Von der Mutter schienen sie alle einen starken Geschlechtstrieb geerbt zu haben. Alle waren in erster Ehe geschieden und »naschten gerne an fremden Früchten«, wie es in der Nachbarschaft hieß. Ein Bruder, Karl Seefeld, erhängte sich aus Kummer über seine erheblich jüngere Frau.

Mit elf oder zwölf Jahren wurde Adolf Seefeld dann von zwei älteren Männern missbraucht. Aus einer Lehre flog er bald wieder heraus. Er lernte schließlich Schlosser und wurde später zum Uhrmacher ausgebildet. Mit 18 schwängerte er eine 16-Jährige, bald darauf ging er auf Wanderschaft, bettelte ein bisschen und ließ sich in Lübeck nieder. 1890 heiratete er eine sechs Jahre ältere Frau, sie bekamen einen Sohn, der später gleichfalls zum Säufer wurde und mit 19 in einer Trinkerheilanstalt starb. Seefeld kannte den Sohn kaum, er hatte sich, als das Kind ein halbes Jahr alt war, bereits wieder scheiden lassen. Der

Versuch, ein bürgerliches Leben zu führen, war kläglich misslungen.

Von nun an ging Seefeld beinahe ohne Hemmungen seiner Homosexualität nach. Er selbst war kein Säufer, im Grunde nicht einmal kriminell, war sogar ein guter Uhrmacher, aber der Trieb, den die Natur in ihn gelegt hatte, war stärker als alles andere. Seine erste Strafe, vier Wochen Gefängnis, hatte er 1893 wegen einer harmlosen Messerstecherei in einer Kneipe erhalten. Zwischen 1895 und 1928 aber verbrachte er wegen immer wieder verübter Sittlichkeitsvergehen nahezu 21 Jahre im Zuchthaus, wobei er einen Teil der Strafen im Irrenhaus verbüßte, da er in der Strafhaft hysterische Symptome gezeigt oder zumindest vorgetäuscht hatte.

Der Strafanstaltsarzt hielt ihn tatsächlich für geisteskrank und nicht strafvollzugsfähig, die Psychiater dagegen erklärten nach Beobachtung in der Irrenanstalt: »Seefeld erscheint für die Zeit der inkriminierten Handlungen nicht geistesgestört.« In einem der Gutachten findet sich der Satz: »§ 51 StGB kommt nicht in Frage. Seefeld ist weder geisteskrank noch geistesschwach. Richtiger wäre es, den Menschen lebenslänglich unschädlich zu machen, denn jede Aussicht auf Heilung oder Besserung ist natürlich ausgeschlossen.«

1932 wurde er erneut rückfällig, diesmal in Rathenow. Dann legte er eine »Pause« von eineinhalb Jahren ein. Inzwischen hatte Hitler in Deutschland die Macht ergriffen und die Strafen für Sittlichkeitsdelikte waren wesentlich verschärft worden. Menschen wie Seefeld drohte die Sterilisation und lebenslängliche Sicherungsverwahrung. Dennoch kam Seefeld im Februar 1934 wieder glimpflich davon. Da wurde er in Hamburg festgenommen, weil ihn ein 13-jähriger Junge angezeigt hatte, er sei von ihm belästigt und in unsittlicher Weise berührt worden. Die Strafkammer des Landgerichts Altona verurteilte Seefeld wegen »Beleidigung« zu sechs Monaten Gefängnis. Am 30. August 1934 wurde er entlassen.

Auf Anweisung von Kommissar Lobbes setzte nun eine Großfahndung nach Seefeld ein. Ein Heer von Polizisten suchte mit allen zur Verfügung stehenden Polizeihunden nach dem Waldmenschen. Doch zunächst blieb er spurlos verschwunden. Man wollte ihn in Friesack gesehen haben, dann in Neuruppin. Flugzeuge der Wehrmacht wurden eingesetzt, die niedrig über dem Waldgelände kreisten.

Die Verhaftung selbst verlief dann völlig undramatisch. In dem Flecken Wutzetz bei Neuruppin war er bei einem Bauern, um dort Uhren zu reparieren. Ein Polizeibeamter erkannte ihn auf dem Fahndungsblatt. Seefeld saß am Küchentisch neben der Bäuerin und verzehrte in aller Ruhe eine Brotzeit, sein Honorar für die reparierten Uhren. Er wurde festgenommen und leistete keinerlei Widerstand. Die Prozedur kannte er ja sein Leben lang zur Genüge. Was er besaß, trug er in einem alten Rucksack bei sich. Der Rucksack wurde beschlagnahmt, darin fand sich ein Notizbuch.

Sexualverbrecher führen eigenartigerweise mit Vorliebe genaue Listen über ihre Taten, ähnlich wie Jäger, die ihre Abschüsse von Hochwild notieren. Der Gennat-Schüler Hans Lobbes stürzte sich auf das Büchlein, das auf sieben

Seiten mit Ortsnamen gefüllt war und in dem sich merkwürdige Kritzelzeichen hinter jedem Namen fanden, darunter liegende und stehende Fragezeichen, Plus- und Minuszeichen, Striche und Strichpunkte. Lobbes verglich die Orte mit seiner Landkarte und den Fähnchen – und es stimmte alles: zwölf Fähnchen an zwölf Orten, an denen die Leichen von Jungen gefunden wurden! Diese zwölf Ortsnamen enthielt auch das Notizbuch, freilich noch wesentlich mehr.

Sofort wurde Seefeld nach Berlin gebracht und von Kriminalrat Lobbes vernommen. Wie Gennat bevorzugte er die sogenannte weiche Tour: Er ließ dem Verbrecher massenhaft Zigaretten und Bohnenkaffee servieren, auch sprach er nur von den relativ harmlosen Fällen der unzüchtigen Handlungen mit kleinen Jungen. Vom Mordverdacht sagte der Kriminalrat zunächst kein Wort. In Seefelds Zelle hatte man ihm einen Stoß Zeitungen gelegt, in denen allerdings von Mord die Rede war – bei der hohen Polizeibehörde jedoch wurde nicht davon gesprochen.

Der Häftling, der sich als sehr geschickter Partner für Lobbes erwies, rauchte behaglich und schlürfte seinen Kaffee. Allmählich hatte er alle »Kleinigkeiten« zugegeben: das Anlocken der Jungen, Spiele, seine Vorliebe für blaue Matrosenanzüge und schließlich, nach ein paar Wochen »freundschaftlicher Gespräche« mit dem Kriminalrat, sogar die Sittlichkeitsdelikte. Mit einigen Jahren Zuchthaus rechnete er wohl ohnehin.

Sobald aber die Frage nach den Tötungsdelikten angeschnitten wurde, leugnete Seefeld entschieden. »Bester Herr, die Kinder, die mit mir zusammen waren, leben alle noch!«, rief er erregt. »Ich will sofort tot umfallen, wenn ich bei einem Mord beteiligt war!«

Nun führte man Seefeld an die Gräber einiger seiner Opfer. Erfahrungsgemäß verlieren Mörder dann häufig die Nerven und legen das ersehnte Geständnis ab. Nicht so der alte Mann! Ihn rührten weder die Gräber noch die vielhundertköpfige Menge, die nur mühsam von der Polizei zurückgehalten wurde, da sie den Täter zu lynchen wünschte. Seefeld hob zwei Finger zum Himmel und schwor mit ruhiger Stimme: »Ich bin es nicht gewesen. Ich schwöre es.«

Aus diesem alten Mann mit den eisernen Nerven war nichts Entscheidendes herauszuholen. Das Notizbuch mit den Namen und Zeichen blieb vorläufig das einzige Indiz, freilich ein sehr schwerwiegendes. Die Kriminalpolizei und Lobbes wollten in Ruhe weiter ermitteln. Man wollte Seefeld an weitere »Gräber« im Wald führen, wo man die Leichen der Kinder gefunden hatte, und so allmählich sein Geständnis erreichen.

Der inzwischen allmächtigen SS unter Heinrich Himmler passte das freilich gar nicht in den Kram. Ihr Kampf gegen die Kripo hatte begonnen. Dabei wurde der Fall Seefeld hochgespielt. Was sollte das denn, einen Mörder, der längst überführt war, noch durch die Gegend zu fahren und auf Staatskosten zu füttern? Himmler verlangte die schnelle Aburteilung des Täters, die Kripo weigerte sich. Man brauche noch mehr Zeit, um die vielen noch ungeklärten, zum Teil weit zurückliegenden Morde aufzuklären. In einer Denkschrift erklärte sie unter anderem: »Wir schätzen, dass Seefeld außer den zwölf Morden noch weitere dreißig auf dem Gewissen hat. (Insbesondere bei fünf Kindermorden zwischen 1898 und 1916 bestand gleichfalls dringender Tatverdacht.) Die Zahl der ungeklärten Sittlichkeitsverbrechen, vor allem derjenigen, die niemals zu einer Anzeige gekommen sind, beziffern wir vorsichtig auf über hundert.«

Gelenkte Presse und SS drängten trotzdem auf eine schnelle Verhandlung. Nicht ganz zu Unrecht machte man der Justiz den Vorwurf, den Gewohnheitsverbrecher über vierzig Jahre immer wieder auf die Menschheit losgelassen zu haben, obwohl man seine Triebveranlagung und seine Verbrechen kannte.

Als am 21. Januar 1936 die Hauptverhandlung gegen Adolf Seefeld vor dem Schwurgericht in Schwerin begann, hatte der Angeklagte noch immer kein Mordgeständnis abgelegt. Er bekannte sich lediglich zahlreicher Sittlichkeitsdelikte schuldig. »Bester Herr, die Kinder, die mit mir zusammen waren, leben alle noch!«, war der bekannte Einwand, den er wieder und wieder vorbrachte.

Die Anklage lautete schließlich auf zwölf Morde, vier schwere Sittlichkeitsverbrechen und vierzig Verlockungsfälle. 150 Zeugen waren geladen sowie zwölf Sachverständige. Die Anteilnahme der Öffentlichkeit des In- und Auslandes war außergewöhnlich groß. Der Schwurgerichtssaal war während der 32 Tage, an denen verhandelt wurde, ständig überfüllt.

Seefeld fühlte sich offenbar wohl, so im Mittelpunkt des öffentlichen Interesses zu stehen. Bereitwillig stellte er sich den Kameras der Reporter, er war eitel wie die meisten Lustmörder. Im Laufe der wochenlangen Verhandlung wurden zahlreiche Lokaltermine außerhalb des Gerichtssaales wahrgenommen. Dann fuhren das Gericht, die

Geschworenen und Sachverständigen und eine Hundertschaft Polizei in die Winterlandschaft hinaus, zu den Gräbern im Wald, in denen Seefeld seine Opfer verscharrt hatte. Man hatte inzwischen entdeckt, dass er in der Nähe der sorgsam mit Moos und Laub abgedeckten Verstecke der Leichen seltsame Runenzeichen in einen Baum geritzt hatte. Offenbar wollte er selbst die Plätze wiederfinden, an denen die Kinder »schliefen«.

Sie hatten ihn »Onkel Ticktack« genannt, ein überlebender Junge sagte das aus. Oder »Onkel Adi«. »Ich will dir etwas Schönes zeigen. Ich kenne einen Platz im Wald, wo seltene Pilze stehen«, pflegte Onkel Ticktack zu sagen.

Seefeld verteidigte sich ruhig und geschickt; seine Nerven, durch viel Waldluft gestärkt, waren offenbar besser als die seiner Richter. Der Oberstaatsanwalt verlor sie gelegentlich und schleuderte dem Angeklagten »Sie lügen! Sie sind verlogen, entartet, vertiert, stumpf und gefühlsroh!« entgegen. Dann antwortete »Onkel Ticktack« ruhig mit einem kleinen Lächeln: »Ich bin ein gutmütiger Kinderfreund. Alle haben mich gern gehabt.«

Das war wahrscheinlich nicht einmal eine Lüge. Fall um Fall wurde mit größter Gründlichkeit und unter Anhörung vieler Zeugen durchgenommen. Seefeld saß apathisch da. Er sagte immer nur einen Satz zu jedem Mordfall: »Das kommt für meine Person nicht in Frage.«

Das erwartete Geständnis blieb aus, obwohl die Indizien so stark, so lückenlos waren, dass es zur Verurteilung reichte. Was man endlich wissen wollte, war, wie Seefeld seine Opfer getötet hatte. Wie war ihm möglich gewesen, die erwiesenen Morde ohne jede Gewaltanwendung zu begehen? Wie hatte er diesen Ausdruck nahezu friedlichen Schlafes auf die Gesichter der Toten gezaubert?

Schließlich hatten die Sachverständigen zwei Tage lang das Wort. Sie widersprachen sich, was die Todesursachen anbelangte. Das Gericht konnte mit ihren Aussagen so gut wie nichts anfangen. So blieb unklar, ob die Kinder erdrosselt, erwürgt oder vergiftet wurden.

Trotz aller Unklarheiten verkündete der Vorsitzende am 22. Februar 1936 das Urteil: Adolf Seefeld wurde wegen Mordes in zwölf Fällen zwölfmal zum Tode verurteilt. Wegen Sittlichkeitsverbrechen in vier Fällen erhielt er 15 Jahre Zuchthaus.

Soweit heute noch feststellbar, hatten sowohl die Staatsanwaltschaft als auch der Pflichtverteidiger auf Revision verzichtet. Das Urteil wurde rechtskräftig. Himmler drängte auf Vollzug, nachdem der »Führer und Reichskanzler« auf sein Begnadigungsrecht verzichtet hatte.

War das Verfahren gegen Adolf Seefeld bisher in korrekten »rechtsstaatlichen« Bahnen verlaufen, sowohl bei der Kripo als auch bei Gericht, fing der Fall nun an, ein Politikum zu werden und ins Zwielicht nationalsozialistischer Gewaltpolitik zu geraten. Seefeld wurde der Gestapo überstellt, angeblich wegen kommunistischer Agententätigkeit, für die ja die Gestapo und nicht die Kripo zuständig war. Es dauerte nicht lange, da gab die Gestapo eine Pressemeldung heraus, in der es hieß: »Im Zuge der Vernehmung, die in Bezug auf seine politische Tätigkeit negativ verlief, legte Seefeld ein umfassendes und eingehendes Mordgeständnis ab. Er gestand außer den gerichtlich bereits festgestellten zwölf Morden eine große

Anzahl weiterer Kindermorde und Verbrechen. Ebenso gestand er, die Tötung der Jungen mit einem von ihm selbst zubereiteten Gift vorgenommen zu haben. Er führte vor den Augen der vernehmenden Beamten diese Herstellung seines Giftes vor.«

Der Berliner Kriminalobersekretär Rudolf Lange, ein Spezialist der Gestapo für »verschärfte Vernehmungen« hatte das Verhör geleitet. Ihm gegenüber soll Seefeld unter Folterungen gestanden haben, die Kinder mit selbsthergestelltem Chloroform vergiftet zu haben. Das Rezept dazu habe er alten Chemiebüchern entnommen. Durch die laienhafte Herstellung dürfte er vermutlich einen giftigen Chlorkohlenwasserstoff produziert haben. Das Gift, das er zuvor mit einem Pfefferminzextrakt versetzt hatte, verabreichte er dann den Kindern auf einem großen Stück Zucker. Die entsetzliche Wirkung zeigte sich im Allgemeinen nach etwa 20 bis 25 Minuten. Die Jungen wurden schläfrig und betrunken. Sobald sie völlig apathisch waren, vergewaltigte er sie oder beging andere sexuelle Handlungen an ihnen.

Weil die so getöteten Jungen stets so wirkten, als seien sie friedlich eingeschlummert, hat man Seefeld gelegentlich auch den »Sandmann« genannt.

Nun stand der letzte Akt des entsetzlichen Dramas bevor: Seefelds Hinrichtung wurde offiziell angesetzt. Als Henkersmahlzeit bestellte »Onkel Ticktack« ein gebratenes Hähnchen, zum Nachtisch nahm er Äpfel in Mandelteig. Als ihm das gebratene Hähnchen serviert wurde, musste er sich beim Anblick des Fleisches übergeben.

Am 23. Mai 1936 wurde der schreckliche Kindermörder in Schwerin mit dem Fallbeil hingerichtet.

Der Mordbrenner vom Oderbruch

Der Fall August Sternickel (1905–1913)

In Plagwitz, im schlesischen Landkreis Löwenberg, stand eine uralte Mühle, die schon in der Geschichte der Freiheitskriege als Blutstätte bekannt geworden war. Russen und Franzosen hatten im August 1813 hart um ihren Besitz gekämpft.

Kurz vor Pfingsten 1905 wurde beim Besitzer der Mühle, dem Müller Knappe, ein Einbruchsdiebstahl versucht. Die Diebe mussten jedoch ohne Beute flüchten, weil sie beim Erklettern eines Anbaus durch das morsche Dach brachen und das Geräusch den Besitzer ans Fenster brachte.

Knappe, der in der Gegend als reich bekannt war, wohnte allein auf der Mühle, nur mit einem einzigen Gesellen, der vor einigen Tagen bei ihm um Arbeit vorgesprochen hatte. Da er befürchtete, die Einbrecher könnten wiederkommen, bat er einen Nachbarn, die nächste Nacht bei ihm zu verbringen. Aber in dieser Nacht blieb alles ruhig, so dass Knappe die Gefahr vorüber glaubte und keine weiteren Vorsichtsmaßregeln mehr traf. In der folgenden Nacht schreckte ihn aber plötzlich das Aufkrachen seiner Kammertür aus dem Schlafe, und als er sich entsetzt aufrichtete, sah er seinen Gesellen und einen fremden Mann schon fast an seinem Bett. Den Schuss aus seinem Revolver gab die zitternde Hand des alten Mannes in dem Augenblick auf den Gesellen ab, als dieser ihn niederschlug. Der Schuss ging fehl, die Mörder pressten

Knappe mit dem Gesicht auf das Bett und erstickten ihn in seinen Kissen.

Bald darauf weckte Feuerschein die Bewohner von Plagwitz: Die Mühle brannte lichterloh. Sie brannte bis auf die Grundmauern nieder, Schutt und Asche begruben und verdeckten das Geheimnis der Mordnacht. Da die Nachbarn jedoch bei den Löscharbeiten verschiedene Brandherde identifizierten, sprachen sie übereinstimmend von Brandstiftung.

Der Berliner Kriminalkommissar Wehn sollte den Schleier um die nächtlichen Vorgänge auf der Mühle lüften. Ein Wanderbursche, dem ein Schlosser auf der Landstraße erzählt hatte, dass er von zwei Freunden, die bei einem Müller einbrechen wollten, Geld erwarte, gab ihnen den ersten Fingerzeig. Er fand den Schlosser im Krankenhaus von Bunzlau, die beiden Freunde in einem Dörfchen bei Breslau: Es waren zwei Brüder, Willy und Lorenz Pietsch. Sie wähnten sich längst in Sicherheit, als dreieinhalb Monate nach der Mordnacht der Kriminalbeamte bei ihnen eintrat.

In seiner Befragung erfuhr Wehn Folgendes: In einer Herberge in Liegnitz hatten die Brüder einen Müllergesellen kennengelernt und wurden von ihm überredet, mit ihm gemeinsam ein Verbrechen zu begehen. Der Müllergeselle nahm die Arbeit in der Plagwitzer Mühle an, und wenige Tage später versuchten sie zu dritt, den Müller nachts zu bestehlen. In der Nacht nach dem erfolglosen Einbruchsversuch stiegen Lorenz Pietsch und der Geselle durch ein Fenster in die Mühle ein, ermordeten und beraubten den Müller und steckten die Mühle in Brand. Bei dieser Gelegenheit hörte der Kommissar zum ersten Mal den Namen des Müllergesellen: August Sternickel.

Der Kriminalkommissar, der seinen Ehrgeiz darin setzte, Sternickel zur Strecke zu bringen, organisierte einen umfangreichen Fahndungsdienst. Doch der Müllergeselle blieb unauffindbar, so eifrig auch nach ihm geforscht wurde. Falsche Sternickels fing man überall, zweimal aber auch den richtigen. Ein Gendarm nahm auf der Chaussee vor Braunschweig einem Landstreicher die Papiere ab. Als er sie prüfen wollte, erhielt er einen wuchtigen Stoß vor die Brust, und der Landstreicher entkam. Die Papiere, die der Gendarm in der Hand behielt, waren die Sternickels.

In dem Dorfe Wernstädt bei Calbe fiel einem Altenburger Zigarrenreisenden an einem Müllergesellen Misch, mit dem er im Dorfkrug zusammentraf, ein verkrüppelter Finger auf. Er erinnerte sich, einmal von einem Müllergesellen mit einem verkrüppelten Finger gelesen zu haben – und auf einmal schoss es ihm durch den Kopf: Das musste Sternickel sein! Heimlich benachrichtigte er den Ortsgendarm. Der verhaftete den angeblichen Misch in seiner Wohnung, verfuhr dabei aber so fahrlässig, dass Sternickel erneut mühelos entweichen konnte.

Seitdem blieb Sternickel verschwunden, allmählich geriet er sogar in Vergessenheit. Man glaubte, es sei ihm gelungen, sich nach Amerika durchzuschlagen, wo angeblich ein älterer Bruder von ihm lebte. Doch er sollte sich auf schreckliche Weise wieder in Erinnerung bringen.

Acht Jahre später – am 8. Januar 1913 – stand auf dem unweit von Wriezen gelegenen Gut »Ringenwalde« gegen vier Uhr morgens eine Strohmiete in hellen Flammen.

Als herbeigeholte Gutsarbeiter das Stroh auseinanderrissen, um dem Feuer die Nahrung zu entziehen, stießen sie auf die Leichen eines Mannes und einer Frau. Um den Hals der Toten hingen, noch fest zugeschnürt, Stricke, mit denen sie offenbar erdrosselt worden waren. Eine Quittung des Mannes in der Tasche ließ erkennen, dass es der Bauerngutsbesitzer Franz Kallies aus dem etwa 15 Kilometer entfernten Dorf Ortwig im Kreis Lebus bei Frankfurt an der Oder war.

Als der Ortsvorsteher von Ortwig mit dem Gendarmen und mehreren Nachbarn vor das Kalliessche Grundstück kam, trat der Knecht Otto Schön ans Tor und erklärte ihnen, der Bauer sei mit seiner Frau zur Hochzeit gefahren und käme erst in einigen Tagen wieder zurück. Danach verschloss er das Hoftor und ging wieder in das Wohnhaus hinein. Der Gendarm sprang über den Gartenzaun und sah im selben Augenblick den Knecht schon aus dem hinteren Ausgang des Hauses entkommen und über die Felder laufen.

Nach einer anstrengenden Jagd konnte er ihn in der Nähe von Güstebiese, als er sich in einem offenen Pferdestall verbergen wollte, ergreifen und führte ihn nach Ortwig zurück. Dort hatte man inzwischen die beiden kleinen Töchter der Eheleute Kallies, die im Wohnzimmer bei verschlossenen Fensterläden eingesperrt waren, befreit, und im Stall ein weiteres Verbrechen entdeckt: Die Magd war erdrosselt worden.

In dem angeblichen Dienstknecht Schön erkannte der von Berlin entsandte Kriminalkommissar Nasse den lange gesuchten Raubmörder Sternickel. Ein Dreivierteljahr lang hatte Sternickel bei Kallies unter falschem

Namen als Knecht gearbeitet. Dann war er, ganz in der Art wie acht Jahre zuvor in Plagwitz, vorgegangen. In einer Herberge hatte er drei junge Burschen zu Mithelfern gewonnen: drei Berliner, die Gebrüder Kersten, 17 und 19 Jahre alt, und den 18-jährigen Franz Schliewenz. Nachts ließ er sie zu sich in den Pferdestall ein, und am Morgen halfen sie ihm, erst den Bauern Kallies, dann die Magd und zuletzt die Bäuerin zu überwältigen und zu fesseln, wobei er die wehrlos gemachten Opfer mit den Händen oder mit einer schnell um den Hals geworfenen Schlinge erdrosselte.

Die drei Helfer fuhren nach der Tat nach Berlin, wo sie auf die Anzeige eines Schankwirtes, der verdächtige Äußerungen von ihnen aufgefangen hatte, schon wenige Tage nach Sternickel verhaftet wurden.

Sternickel war indes ruhig im Hause geblieben, bei den eingesperrten Kindern und den Leichen der drei Ermordeten. Leute, die an diesem Tag nach Kallies fragten, gaben sich damit zufrieden, dass der Knecht ihnen, wie später dem Ortsvorsteher, am Hoftor erklärte, der Bauer sei mit seiner Frau für mehrere Tage über Land zu einer Hochzeit gefahren. In der Nacht fuhr Sternickel dann die Leichen zu jener Strohmiete. Zuerst hielt er an einer anderen Miete, doch dort konnte er seine grausige Last nicht abladen, weil ein Liebespaar im Stroh lag. Das junge Liebespaar im Stroh und davor der Mörder auf dem Fuhrwerk der Ermordeten, ihre Leichen hinter sich auf dem Wagen – einen schauerlicheren Kontrast kann keine Phantasie erfinden.

Was den Mörder noch so lange auf dem Grundstück hielt, ob er wirklich, wie man glaubte, Möbelstücke in einen Schlupfwinkel schaffen, ob er die Kinder noch töten und das Gehöft dann in Flammen aufgehen lassen wollte, oder ob er nur nach verstecktem Geld suchte, ließ sich nur vermuten. Sternickel nahm dieses Geheimnis mit ins Grab. Am 30. Juli 1913 wurde er auf dem Hofe des Gerichtsgefängnisses zu Frankfurt an der Oder dem Scharfrichter übergeben. Der vielfache Raubmörder starb durch das Fallbeil.

Das Grab, das sich über August Sternickel schloss, hat sich über viele blutige Geheimnisse geschlossen, die für immer ungelöst blieben. Denn als während der Untersuchung seiner Tat die zahlreichen Orte festgestellt wurden, an denen sich Sternickel seit dem Plagwitzer Mord unter falschem Namen aufgehalten oder gearbeitet hatte, zeigte sich, dass in der Umgegend vieler dieser Orte zur Zeit seines Aufenthaltes unaufgeklärt gebliebene Bluttaten verübt worden waren. So hatte ein angeblicher Heuhändler Winkler bei Liegnitz mehrere Raubmorde begangen. Von 23 Zeugen, die den Mörder gesehen hatten, erkannten 22(!) in den Bildern Sternickels den Winkler wieder. Insgesamt schrieb man ihm 17 Morde und zwölf Brandstiftungen zu.

Über die Kalliessche Mordsache hinaus ging man den blutigen Spuren Sternickels jedoch nicht weiter nach, sondern verhängte das Urteil für die jüngste Tat. Man sträubte sich wohl dagegen, das in Ortwig vergossene Blut länger ungesühnt zu lassen, nur um noch tiefer in die Scheußlichkeiten dieses Verbrecherlebens einzudringen. Mit dem Todesurteil gegen ihn schlossen die Behörden für immer seine Akten.

Wie war es möglich, dass dieser Mann sich acht Jahre im Verborgenen halten konnte? Denn August Sternickel ging stets nach der gleichen Methode vor: Der mittelgroße Mann mit dem seltsamen Jägerhut suchte kleine Dörfer auf oder einsam liegende Gehöfte. Wo er hinkam, herrschte Personalnot. Mit erschwindelten Papieren wies er sich aus, und sobald er wenige Tage da war, ließ man ihn nur ungern wieder ziehen.

Er war ein kräftiger, geschickter Arbeiter, der alles konnte, ein sorgsamer Viehfütterer und ein guter Pferdepfleger. Der brutale Mörder liebte die Tiere, und seine Leidenschaft für die Taubenzucht war ein Erkennungsmerkmal seines Steckbriefes. Dass aber seine Liebe zu den Tieren ihre Grenze fand und dass sie ihn nicht beirrte, wenn seine Raubgier darüber hinweggehen musste, zeigte sich in Plagwitz, wo er auch Pferd und Hund in den Flammen umkommen ließ.

Als Arbeiter hielt er sich still und zurückgezogen, schrieb keine Briefe, erhielt keine Post, und bei Streitigkeiten blieb er abseits, immer darauf bedacht, sich nur ja keine Feinde zu machen. So gab er wenig Anlass, sich mit ihm zu beschäftigen. Nur Liebschaften knüpfte er überall.

Man machte den Gemeindevorstehern einen Vorwurf daraus, dass sie sich beim Zuzug des neuen Knechtes in ihren Ort nicht bei der von ihm angegebenen Heimatbehörde nach seiner Person erkundigt hätten. Aber diese Gemeindevorsteher waren zumeist des Schreibens unkundige Bauern, vollauf beschäftigt mit dem Bestellen ihres Landes und Feldes. Bauern, die selbst unter Personalnot litten und denen jedes frische Paar Hände im

Ort willkommen sein musste. Bauern, die nie eine großstädtische Zeitung sahen und die wenig davon wussten, welche Bestien in Menschengestalt gelegentlich unterwegs sind.

August Sternickel war ein typischer Raubmörder, er mordete, um zu rauben. Nichts bei seinen Taten deutete auf ein krankes Hirn. Äußerlich war der 1866 in Ratibor (Oberschlesien) geborene Sohn eines Bäckermeisters ein stämmig gebauter Mann. Ein Paar harte, graue Augen, ein buschig herabhängender Schnurrbart und finstere grobe Züge unter der grünen Spessartmütze, die er als Heuhändler Winkler trug, gaben ihm das Aussehen eines Wildschützen. Sternickel war Müller von Profession. Doch schon im Alter von 23 Jahren wurde er in Brandenburg an der Havel wegen Hausfriedensbruchs, dann wiederholt wegen Diebstahls bestraft. 1892 beging er in Berlin Heiratsschwindeleien und Schlafstellendiebstähle. Nach Verbüßung der hierfür erhaltenen Strafe wurde er 1896 wieder verurteilt, zu drei Jahren Zuchthaus, weil er in Alt Töplitz seinem Dienstherren 26 Zentner Getreide gestohlen hatte. Im Mai 1905 wurde er streckbrieflich gesucht, weil er – diesmal in Bernau – wieder einen Mühlenbesitzer bestohlen hatte. Im Juni zog dann der Feuerschein der brennenden Knappeschen Mühle in Plagwitz die Augen der Öffentlichkeit auf ihn.

Das Motiv für Sternickels Mordtaten war nicht Not, denn er stand stets in Lohn und Brot, wenn er sie beging. Er wurde offenbar von dem Willen getrieben, so viel bares Geld zusammenzurauben, dass er sich einmal selbstständig machen oder, wovon er gern sprach, zur Ruhe setzen könnte.

Bei der Gerichtsverhandlung in Frankfurt leugnete Sternickel hartnäckig, gab aber unter anderem zu, eine »gute Frau« geheiratet zu haben, von der er vier Kinder habe. Die Beute seiner Raubzüge habe er stets nur für diese Familie verwendet. Wo die Familie lebte, verriet er nicht. Nach nur dreitägiger Verhandlung verurteilte ihn das Gericht am 15. März 1913 zum Tode. Niemand konnte sagen, ob seine Frau etwas von den grauenhaften Verbrechen gewusst hatte.

Ein Mord zu viel

Der Fall Willi Roloff (1931–1936)

Alles begann damit, dass ein Lieferwagen mit Anhänger ungewöhnlich lange auf einer Landstraße stehen blieb. Einem Bauern des Dorfes Altranft im mittleren Oderbruch fiel das auf, als er am Abend des 24. Oktober 1936 von der Feldarbeit zurückkehrte; das Fahrzeug stand am rechten Straßenrand. Auf der Höhe der Anhängerkupplung lag ein Haufen leerer Gemüsekisten, als seien sie von dem hochbeladenen Wagen herabgefallen. Der Fahrer war nicht zu sehen, und auf Rufen meldete sich niemand. Als der Bauer nähertrat, sah er unter dem Kistenhaufen die Beine eines Mannes hervorragen. Er rüttelte an den Füßen, aber der Mann regte sich nicht. – Und dann bemerkte der Bauer das Blut.

In einer ersten Untersuchung stellte die Berliner Mordkommission fest, dass der Mann durch einen Genickschuss getötet worden war. Der Schädel wies außerdem Verletzungen auf, die von einem stumpfen Gegenstand herrührten. In der Brusttasche seiner Lederjacke fanden sich eine Brieftasche mit 140 Mark und die Autopapiere. Sie wiesen den Toten als Christian Worreschk, Gemüsehändler aus Boblitz im Kreis Calau, aus.

Der Mord musste zwischen 18.15 und 18.30 Uhr geschehen sein. Das ging aus ersten Vernehmungen von Dorfbewohnern hervor. Sie hatten den mit Kisten hochbeladenen Lieferwagen in der Dämmerstunde durch ihr Dorf fahren sehen. Mehrere Zeugen sagten auch aus, dass ein Motorrad vor dem Lieferwagen hergefahren sei. Diese Mitteilung gewann an Bedeutung, als im Lauf der Nacht am anderen Ortsausgang von Altranft ein herrenloses Motorrad gefunden wurde, eine 200er »Triumph«. Wenig später stellte sich heraus, dass dieses Motorrad eine Woche zuvor seinem rechtmäßigen Besitzer gestohlen worden war.

Da der Tote die Brieftasche noch bei sich hatte, schien ein Raubmord zunächst ausgeschlossen. Als die Beamten jedoch von den Gerichtsmedizinern erfuhren, dass der Händler auf den Schuss hin noch nicht sofort tot gewesen, sondern erst durch einen Schlag von vorn mit einem stumpfen Gegenstand getötet worden war, nahmen sie an, dass der Täter nur deshalb davon abgesehen hatte, den Mann zu berauben, weil er es angesichts der Nähe des Dorfes nicht mehr wagte. Er musste zugeschlagen haben, um das Opfer stumm zu machen, bedeckte es mit leeren Kisten und floh.

Aufgrund verschiedener Zeugenaussagen suchte die Kripo schließlich nach einem etwa 27-jährigen Mann, der sich mit dem ermordeten Gemüsehändler am Mittag vor der Tat im Gasthof in Markendorf bei Frankfurt an der Oder aufgehalten hatte. Der Mann war demnach etwa 1,75 Meter groß, trug eine dunkelbraune Lederjacke, schwarze Breecheshosen, Röhrenstiefel und eine blaue Seglermütze mit Lackschirm.

Unter den vielen Menschen, die am Rundfunk die Beschreibung des mutmaßlichen Mörders vom Oderbruch gehört hatten, war auch die Frau eines Berliner Mediziners, dem das kleine, idyllische Waldgut Angelenhof in der Nähe von Briesen am Verbindungskanal zwischen

Oder und Spree gehörte. Durch die Täterbeschreibung fühlte sich die Frau an den Inspektor erinnert, der Angelenhof bis zum Juli desselben Jahres verwaltet hatte. Genau mit dieser Kleidung war Willi Roloff immer herumgelaufen, ein Mann, von dem das Ehepaar sehr angetan war. Anfang August 1936 musste der Inspektor zu einer Wehrübung in Küstrin einrücken. Seine Zeit war schon fast um, und auf dem Hof wurde jeden Tag mit der Rückkehr des tüchtigen Gutsverwalters gerechnet, als die Kripo nach ihm fragte. Er sei bei seinem Truppenteil fahnenflüchtig geworden. Bei dieser Gelegenheit erfuhr das Professorenehepaar, dass es fast zwei Jahre lang einem ehemaligen Zuchthäusler als Verwalter vertraut hatte.

Willi Roloff hatte wegen schweren Diebstahls im Rückfall 15 Monate im Zuchthaus Brandenburg gesessen. Seine Papiere musste er gefälscht haben, denn dem Ehepaar war von Vorstrafen nichts bekannt. Ein bisschen traurig und an der eigenen Menschenkenntnis zweifelnd, engagierten sie einen neuen Inspektor für Angelenhof.

Trotz allem hätte die Frau des Professors den ehemaligen Gutsinspektor wahrscheinlich nicht mit dem Mordfall im Oderbruch in Verbindung gebracht, wäre es nicht zu einem geheimnisvollen Vorfall auf dem Gut gekommen: Am 23. Oktober, einen Tag vor dem Mord bei Altranft, war der neue Inspektor mitten in der Nacht durch wildes Kläffen des Hofhundes geweckt worden. »Ist da jemand?«, hatte er aus dem Fenster gerufen. Niemand antwortete. Doch der Hofhund hörte plötzlich auf zu bellen und winselte freudig. Als der Inspektor aus dem Haus trat, sah er eine schattenhafte Gestalt davonrennen. Gleich darauf hörte er, wie ein Motorrad gestartet wurde und in Richtung Briesen davonfuhr.

Dass auf einsamen Gutshöfen nachts die Hunde anschlagen, beeindruckte die Männer der Kripo nicht sonderlich, aber das Stichwort »Motorrad« machte sie hellhörig. Nachdem über die Berliner Professorenfamilie ein Foto Roloffs und über die Kriminalpolizeidienststellen Küstrin und Frankfurt fernschriftliche Informationen angefordert worden waren, lief die Fahndung an. Ob dieser Willi Roloff eventuell auch etwas mit dem spurlosen Verschwinden zweier Landwirte zu tun haben mochte, das den Beamten seit Monaten Kopfzerbrechen bereitete?

Zwischen Ende November 1935 und März 1936 hatten die Landwirtssöhne Kochan und Nehring im *Wochenblatt* der Landesbauernschaft Kurmark um neue Stellungen inseriert. Unter den eingehenden Angeboten lockte sie die Zuschrift eines Ortsbauernführers aus der Gegend von Frankfurt, der jeweils einen Wirtschafter für den Hof seiner verwitweten Schwägerin suchte, »bei gegenseitiger Zuneigung spätere Einheirat nicht ausgeschlossen.« Am 4. Dezember 1935 reiste Kochan nach Frankfurt ab. Von dort schrieb er noch Ansichtskarten an Eltern und Bekannte, dann blieb jedes weitere Lebenszeichen aus. Die Angehörigen meldeten ihn schließlich als vermisst.

Der misstrauischere Nehring musste schließlich feststellen, dass man den Ortsbauernführer nirgends kannte, und zeigte den Fall kurzerhand bei der Kriminalpolizei an. Ein ähnlicher Vorfall wiederholte sich ein Vierteljahr später.

Dann wurde Ende Juni 1936 der dreißigjährige Bauernsohn Albert Lüdke bei der Polizei als vermisst gemeldet. Er war am 4. Juni nach Frankfurt gefahren, um sich dort mit einem gewissen Ortsbauernführer Müller zu treffen, wiederum aufgrund einer Anzeige im *Wochenblatt*.

Von da an bestand der dringende Verdacht, dass sich unter den Inserenten des *Wochenblatts* ein gefährlicher Menschenjäger verbarg. In der Hoffnung, ihm auf die Spur zu kommen, meldeten sich die Männer der Kripo auf zahllose ähnliche Inserate. In allen Fällen handelte es sich jedoch um seriöse Angebote.

Ein Vergleich der Schriftproben aus den *Wochenblatt*-Fällen mit einem zerknitterten Zettel, der in der Brieftasche des ermordeten Gemüsehändlers gefunden wurde, ergab zweifelsfrei, dass es sich bei der steilen, kräftigen, merkwürdig verschnörkelten Handschrift jeweils um dieselbe handelte! Kurze Zeit später stand der ermittelnde Kriminalkommissar der Bedienung im Gasthof zu Markendorf gegenüber, die den Mann in Begleitung des Gemüsehändlers wenige Stunden vor dem Mord bedient hatte. Von ihr stammte die Beschreibung, die am Radio die Erinnerung der Gutsherrin vom Angelenhof wachrief. Er hielt ihr ein Foto des Gutsinspektors Roloff aus dem Album der Gutsherrin vor, und sie erkannte in ihm sofort den Motorradfahrer wieder.

Doch – wo war Willi Roloff? Am 31. Oktober 1936 ging ein entscheidender Hinweis ein. Der Leiter der Annoncen-Abteilung meldete sich telefonisch: »Der Ortsbauernführer ist wieder aktiv«, sagte er. Die Anzeigenaufträge seien zwar diesmal mit der Maschine geschrieben, aber der Wortlaut sei fast derselbe wie in den früheren Fällen. Ganz eindeutig stimme die Unterschrift mit den früheren überein. Die angegebene Rückadresse lautete diesmal: »Postlagernd Eberswalde 2«. Auch der Brief an das

Wochenblatt war in Eberswalde aufgegeben worden. Der Leiter der Kripo, Kriminalrat Hans Lobbes, wusste nun also, dass sich Roloff – falls er mit dem »Ortsbauernführer Müller« identisch war – in Eberswalde oder in der Nähe aufhalten musste. Es wurde sofort eine Großfahndung eingeleitet und am Bahnhof Eberswalde eine Sperrkette von Beamten gebildet, doch Roloff entging zunächst der Festnahme.

Am nächsten Morgen jedoch, am Sonntag, dem 1. November, klingelte gegen 8.30 Uhr das Telefon auf der Hauptpolizeiwache Eberswalde. Eine Frauenstimme meldete sich, ängstlich und kaum zu verstehen. Die Frau sagte, sie spreche aus dem *Café Kleinschmidt* in der Eisenbahnstraße. »Der Mörder sitzt hier …«

Und tatsächlich: Die eintreffenden Beamten entdeckten »ihren Mann« im Gastraum des Cafés. Er saß ganz hinten in der Ecke vor einem Berg Eberswalder Spritzkuchen und ließ es sich schmecken. Der Gesuchte trug ein graues Jackett, keine Lederjacke, und blickte nur flüchtig auf, als sich die Polizisten näherten. Noch ehe der Mörder ahnte, was geschah, waren die beiden Fahnder über ihm, warfen ihn auf die Sitzbank und drehten ihm die Arme auf den Rücken. Dann tasteten sie ihn ab. Aus der Brusttasche, aus beiden Jacketttaschen zogen sie je eine Pistole. Alle drei Waffen waren geladen und entsichert. Die Ausweiskontrolle ergab, dass es sich tatsächlich um Willi Roloff handelte.

Wie sich dann herausstellte, war Roloff am Vorabend am Eberswalder Bahnhof in den D-Zug Berlin – Stettin ein- und gleich auf der anderen Seite wieder ausgestiegen. Die Nacht verbrachte er in einem Wäldchen südlich des

Bahnhofs. Den Aufmarsch der Sperrkette hatte er genau beobachtet und sich bei Tagesanbruch unbemerkt hindurchgeschlichen. Seine Lederjacke ließ er im Wäldchen zurück. In ihren Taschen fanden sich Starterschlüssel, Uhr, Geldbörse und Taschenmesser des ermordeten Worreschk.

In der Vernehmung sagte Roloff immer nur stur: »Ich war's nicht, ich bin nicht der Mörder von Altranft.« Auf alle Fragen blieb er stumm, er schüttelte höchstens einmal den Kopf oder nickte.

Eine große Überraschung erlebte Kriminalrat Lobbes wenig später in Berlin: Professor Brüning von der Landesanstalt für Chemie hatte die Geschossteile aus dem Kopf des ermordeten Gemüsehändlers untersucht. Er berichtete, dass das Geschoss unmöglich aus einer von Roloffs drei Pistolen abgefeuert worden sein konnte. Aus diesen Waffen wurde überhaupt noch kein Schuss abgefeuert, sie waren nagelneu.

Roloff leugnete weiterhin hartnäckig, mit dem Mord auch nur das Geringste zu tun zu haben. Über neun Monate hielt er die Mordkommission mit bruchstückhaften Geständnissen und fantastischen Lügen in Atem. Dabei enthüllte sich den Beamten vor allem der Lebenslauf dieses rätselhaften Menschen.

Willi Roloffs Vorfahren waren kleine Bauern und Handwerker im Pommerschen. Die kriminalbiologische Abteilung des Reichskriminalpolizeiamtes durchforschte später die gesamte Familie nach Trinkern, Schwachsinnigen oder notorischen Rohlingen bis zu den Urgroßeltern zurück, konnte aber keinen einzigen unter seinen Vorfahren oder Verwandten feststellen – und auch keine Vorstrafen ermitteln.

Als Willi 1909 geboren wurde, war sein Vater Bahnmeister. Willi war der jüngste von vier Brüdern. Alle seine Brüder eiferten dem Vater nach, dem untadeligen, auf die Sekunde pünktlichen Mann, dem das Schicksal der Züge anvertraut war. Willi dagegen zog es schon als Hosenmatz magisch zu Pferden und Kühen. Als er 13 Jahre alt war, stahl er aus dem Stall eines Großbauern ein Ferkel, das er in einem Waldversteck großziehen wollte. Aber das glaubte ihm niemand. Statt bei dieser Angelegenheit einzusehen, dass fremdes Eigentum unantastbar ist, fühlte sich Willi missverstanden, denn die Familie misstraute dem »Schweinedieb« fortan und ließ es ihn entsprechend fühlen. Er trotzte und zog als einzige Lehre daraus, dass man sich nicht erwischen lassen durfte.

Er kam zu einem Tischler in die Lehre. Ein Jahr bevor er ausgelernt hatte, stahl er bei einem Kunden eine Uhr, versetzte sie und kaufte sich für den Erlös ein Buch über Rinderzucht. Er flog aus der Lehre und bekam seine erste Strafe, zwei Wochen Gefängnis mit Bewährung. Der Vater schickte ihn nun auf eine Landwirtschaftsschule, die Willi nach zwei Jahren mit dem besten Zeugnis verließ. Er wurde Eleve, Rentamtsgehilfe und Sekretär auf großen Gütern. Er galt als tüchtig; nur eines hatte er noch immer nicht gelernt: Es mit anderer Leute Eigentum genau zu nehmen. Deshalb war er bereits aus seiner ersten Stellung geflogen, woraufhin er sein Zeugnis fälschte, um einen neuen Posten zu bekommen. Als das herauskam, wurde er auch wegen anderer Unregelmäßigkeiten angezeigt.

Als Zwanzigjähriger musste Roloff wegen fortgesetzten Betrugs, Diebstahls, Unterschlagung und Zeugnisfälschung acht Monate ins Kittchen. Vier Jahre später war er wieder dran, diesmal wegen schwerem und einfachem Diebstahl. Es war 1933, und in der Justiz wehte ein scharfer Wind. Als Rückfallverbrecher bekam er 14 Monate Zuchthaus.

Jedes Mal, wenn der verlorene Sohn zu den Eltern heimkehrte, fand er einen Tisch, unter den er seine Füße ausstrecken konnte. Sie verleugneten ihn nicht. Seine Mutter starb, während er im Zuchthaus saß. Der Vater überwand seine Abscheu und gab sich alle Mühe, wieder einen anständigen Menschen aus seinem Jüngsten zu machen.

Mit den besten Vorsätzen stellte sich Roloff im Februar 1935 auf dem Angelenhof vor, einem 200 Hektar großen Wiesen- und Waldgut zwischen Berlin und Frankfurt an der Oder. Der Besitzer hätte aus Angelenhof gern einen Musterbetrieb gemacht. Feldwirtschaft war kaum vorhanden, aber der Rinderbestand und die Wiesen boten Gelegenheit, Roloffs Spezialkenntnisse in der Silierung von Frischheu anzuwenden. Das Besitzerehepaar kam nur zum Wochenende und in den Ferien auf den Hof. Der Verwalter des Guts war also sein eigener Herr – das entsprach dem brennendsten Wunsch Roloffs.

Sein Vater hatte ihm eingehämmert, dass er bei Bewerbungen gleich seine Vorstrafen eingestehen sollte – und wenn er als Hilfsmelker gehen müsste. Doch darauf wollte es Roloff nicht ankommen lassen, diese Stellung musste er haben. So unterschlug er seine Vergangenheit und fälschte das Entlassungsdatum in seinem letzten Zeugnis.

Am 1. März 1935 trat Roloff die Stelle als Inspektor auf Angelenhof an. Er stürzte sich mit Feuereifer in die Arbeit, kannte keinen Sonn- und keinen Feiertag. Er musste aus dem Hof einen Musterbetrieb machen, koste es, was es wolle. Als die Wiesenmahd vorbei war, lag in neuen Silos vitaminreiches Grünfutter für den Winter. Der Professor sang das Loblied seines Verwalters bei den Nachbarn und fühlte sich geschmeichelt, als der Besitzer des Adelinenhofs darum bat, sich hin und wieder bei Roloff Rat holen zu dürfen.

Anfang November 1935, an einem Sonntag, fiel Willi Roloffs Tagtraum jäh in sich zusammen. Bei einem Glas Wein eröffnete der Professor seinem Inspektor, dass er den Hof möglicherweise demnächst verkaufen werde. Noch wäre allerdings das letzte Wort nicht gesprochen. Roloff war zutiefst verstört. Würde ihn ein neuer Besitzer übernehmen? Oder würde beginnen, was er so sehr fürchtete: neue Stellungssuche, das Manövrieren mit gefälschten Papieren, die Angst, das Hin-und-her-Geworfensein? Nie wieder durfte das geschehen, er musste einfach selbstständig werden. Aber wie sollte er das anfangen?

In den landwirtschaftlichen Fachblättern wurden Höfe zur Pacht angeboten. Aber dazu gehörte viel Geld – zwischen drei- und fünftausend Mark für vierzig bis fünfzig Morgen. Es gab Leute, die so viel Geld hatten. Fast in jeder Ausgabe des *Wochenblatts der Landesbauernschaft Kurmark* fand er Angebote von Landwirtssöhnen mit Vermögen, die verantwortliche Stellungen oder Einheirat suchten. Die meisten von ihnen boten Kaution.

Um diese Anzeigen begannen Roloffs Gedanken nun zu kreisen. Er stellte sich vor, wie das sein müsste, wenn man mit dem Geld oder dem Sparkassenbuch in der Tasche losziehen könnte – einem neuen Leben entgegen, einem Wirkungskreis, in dem man nicht mehr Handlanger fremder Leute wäre.

Neid erfüllte ihn – und Mitleid mit sich selbst. Er verglich sein verpfuschtes Leben mit dem Glück der anderen. Das Schicksal, meinte er, wäre ihm noch einmal eine Chance schuldig. Aber hatte es ihm nicht schon genügend Chancen geboten? Seine Position auf Angelenhof war so gefestigt, dass ihn auch ein Bekenntnis zu seiner Vergangenheit nicht mehr hinausgeworfen hätte. Er hatte ein Mädel, das zu ihm stehen würde, so oder so. Doch Willi Roloff brachte weder den Mut zu einem Bekenntnis auf, noch wollte er auf seinen Traum vom Erbhof verzichten. Er beschloss, sich seine Chance zu verschaffen – auf Kosten eines anderen. Im Inseratenteil des *Wochenblatts* suchte er nach Opfern. Der Plan, der in seinem Kopf entstand, hieß Mord.

Im *Wochenblatt* vom 23. November 1935 kreuzte Roloff die Anzeige des Bauernsohnes Wilhelm Kochan an. Dieser Mann suchte zum 1. Dezember oder später eine Stellung und gab zu erkennen, dass er auch einer Einheirat nicht abgeneigt wäre. Eine Woche ließ Roloff verstreichen. Erst am 30. November schrieb er an Kochan: »... teile ich Ihnen mit, dass ich Ihnen für sofort eine Stellung auf dem fünfzig Morgen großen, sehr intensiv bewirtschafteten Erbhof meiner Schwägerin (Witwe, 26) anbiete. Die Stellung war eigentlich zum 1. Dezember schon besetzt, ist aber durch plötzliche Krankheit freigeworden. Da die

Zeit knapp ist, kann ich Ihre Zeugnisse vorher nicht mehr einsehen und muss Sie daher bitten, die ersten vier Wochen als Probezeit anzusehen. Der letzte Inhaber der Stelle war fünf Jahre bei meinem Schwager tätig. Ich bitte Sie nun, Mittwoch, den 4. Dezember mit dem Zug 16.57 Uhr nach Frankfurt zu kommen. Ich habe am genannten Tag bei der Kreisbauernschaft zu tun, und da passt es eventuell am besten, wenn ich Sie und Ihre Sachen gleich auf dem Wegen mitnehmen kann. Halten Sie sich in der Nähe des Schalters ›Gepäckaufbewahrung‹ auf. Ich hoffe, dass Sie eine schöne Zeit gemeinsamer Tätigkeit mit meiner Schwägerin vor sich haben. Sollten Sie zur genannten Zeit nicht in Frankfurt sein, nehme ich an, dass Sie inzwischen anderweitig Stellung angenommen haben. Rückerstattung der Reisekosten erfolgt nach Ableistung der Probezeit bei zufriedenstellender Leistung. Heil Hitler! Heinz Schröder, Ortsbauernführer, Markendorf über Frankfurt a. O.«

Die Falle war raffiniert gestellt. Einem heiratslustigen Bauernsohn musste das Wasser im Munde zusammenlaufen. Der zugleich entschiedene und freundliche Ton des Ortsbauernführers flößte Respekt ein und ließ überhaupt kein Misstrauen zu. Niemand konnte auf den Gedanken kommen, dass die umsichtigen Vorkehrungen einem Stelldichein mit dem Tode galten. Der Plan war bis ins Letzte durchdacht. Indem er erst am Monatsletzten schrieb, schaltete Roloff zudem die Möglichkeit aus, dass Kochan noch Erkundigungen über den »Ortsbauernführer« einzog oder schriftlich zurückfragte, woraufhin der Brief als unzustellbar zurückgekommen wäre.

Bevor Roloff am 4. Dezember zur Bahnstation Briesen ging, hob er am Grenzbach von Angelenhof eigenhändig eine Grube aus: 60 Zentimeter breit, 2 Meter lang und 1,10 Meter tief. Sie lag neben dem Weg in hohem Gestrüpp. Den Spaten ließ er bei der Grube zurück. Es war ein diesiger Tag, niemand bemerkte ihn und konnte sich darüber wundern, was der Inspektor da trieb.

Dem jungen Mann, der sich um 17 Uhr an der Gepäckaufbewahrung als Wilhelm Kochan vorstellte, imponierte der »Ortsbauernführer« sichtlich. Er hatte Verständnis dafür, dass »Schröder« noch eine Menge zu erledigen hatte und nahm so lange im Wartesaal Platz. Roloffs einzige Besorgung waren ein Paar alter Stiefel, die er für 17,50 Mark bei einem Trödler erstand. Dann ging er in die Gastwirtschaft *Zur Goldenen Schere* und trank drei große Helle.

Beim Bier überlegte Roloff, ob es sich überhaupt lohnte, Kochan umzubringen. Der Bauernsohn war sehr einfach, beinahe schäbig gekleidet. Ob der wirklich die tausend Mark Kaution in der Tasche hatte? Noch immer unentschlossen, verließ Roloff die Kneipe. Er war mit der Bahn nach Frankfurt gekommen. Wenn er und Kochan zusammen im Zug zurückfuhren, konnten sie Bekannte treffen, die sich später vielleicht erinnerten. Als »Ortsbauernführer« konnte er aber auch nicht zu Fuß marschieren, außerdem hätte das drei Stunden gedauert. In der Nähe der *Goldenen Schere* sah Roloff ein am Rinnstein aufgebocktes Motorrad stehen, einen uralten, hochbeinigen Schlitten. Doch er erblickte darin eine Fügung. Niemand beachtete, wie der Mann in der Lederjacke das Rad anschob, bis der Motor ansprang, und er sich in den Sattel schwang.

Im Wartesaal lud Kochan den »Ortsbauernführer« zu einem Schnäpschen ein. Er spendierte drei Runden vom besten Weinbrand, dem Kellner gab er eine Mark Trinkgeld. Der äußere Schein hatte also getrogen: Der Bursche musste Geld haben. Jetzt bestellte Roloff Bier, dann hatte er es plötzlich sehr eilig. Um 19 Uhr fuhren sie ab, Kochan auf dem Soziussitz, seinen Koffer hochkant auf dem Schoß. Die Zeit hätte nicht besser abgepasst sein können. Als Roloff über den Bachsteg fuhr, klang vom Angelenhof her der Gong zum Abendbrot. Also bestand keine Gefahr, dass jetzt einer der Hofleute vorbeikam; es war zudem sehr neblig.

Roloff hielt an. »Sind wir noch nicht bald da?«, fragte Kochan.

»Noch nicht ganz«, sagte Roloff. »An der Kette ist was nicht in Ordnung.«

Er stieg ab, zog eine Taschenlampe heraus: »Leuchten Sie mal!«

Aus der Werkzeugtasche suchte Roloff den stärksten Schraubenschlüssel heraus. Kochan beugte sich neugierig über die Kettenführung. Da traf ihn der erste furchtbare Schlag auf den Hinterkopf. Ohne einen Laut sank er in das Gestrüpp, nur einen Meter von der offenen Grube entfernt. Statt der erhofften eintausend Mark Kaution fand Roloff aber nur vierzig Mark vor; seine Rechnung war nicht aufgegangen.

Wiederum gab er ein Inserat auf, das Einheirat in einen Bauernhof in Aussicht stellte. Der nächste Kandidat war der Landwirt Nehring, den er am 18. März 1936, wiederum getarnt als Ortsbauernführer, traf. Doch Nehring hatte kein Geld bei sich, zeigte sich überdies recht misstrauisch, also ließ Roloff ihn einfach sitzen.

Der nächste, der auf ein Inserat schrieb, war der Landwirt Albert Lüdke. Er besaß ein Vermögen von sieben- bis achttausend Mark. Roloff tötete ihn kaltblütig durch einen Genickschuss, doch wieder hatte er Pech: Die Beute betrug ganze achtzig Mark.

Aufgrund falscher Papiere wurde Roloff dann am 1. August 1936 zu einer Wehrübung eingezogen. Am 29. September desertierte er, ging zu seinem Vater nach Golzow (Schildberg) und stahl dessen Dienstpistole. Inzwischen lebte er von Diebstahl und Zechprellerei.

Noch einmal gab er ein Inserat auf, diesmal unterzeichnete er als »Ortsbauernführer Karl Müller«. Unterwegs lernte er den Obst- und Gemüsehändler Christian Worreschk kennen, der ihm gegenüber über schlechte Geschäfte klagte. Willi Roloff erbot sich, ihn zu einem Kunden zu führen, der Interesse an Rotkohl und Äpfeln hätte. Er fuhr mit seinem Motorrad dem Gemüsewagen voraus. Unterwegs täuschte er eine Panne vor. Der Gemüsehändler stieg aus, um ihm zu helfen, da streckte er ihn mit einem Genickschuss nieder und schlug ihm überdies den Schädel ein.

Dieser Mord war der erste, der aufgedeckt wurde. Bis dahin hatte er zwei perfekte Morde verübt – und nun einen Mord zu viel …

Zum ersten Mal hatte Roloff einen Toten am Tatort zurückgelassen und darüber hinaus eine Unmenge verräterischer Spuren. Außer dem großen Geld blieb in der Brieftasche des ermordeten Gemüsehändlers jener Zettel mit der Notiz von Roloffs eigener Hand zurückgeblieben. Für die Kripo wurde er zur Visitenkarte des Mörders.

Ein bemerkenswerter Streich gelang Roloff noch wenige Tage vor seiner Verhaftung. Bei einem Waffenhändler in Frankfurt (Oder) meldete er sich telefonisch als Beauftragter der Reichsbahn und bat um ein bemustertes Angebot von Pistolen. Noch am gleichen Tag erschien er persönlich im Geschäft, und der arglose Inhaber händigte ihm drei nagelneue Waffen mitsamt der Munition aus.

Kriminalrat Lobbes übergab nach Abschluss der Aufklärungsarbeit die Akten der Staatsanwaltschaft; am 5. Juli 1937 begann der Prozess vor dem Schwurgericht in Prenzlau. Am dritten Tag legte Roloff unter dem Eindruck der Aussage der Mutter eines seiner Mordopfer ein zusätzliches, völlig unerwartetes Geständnis ab: »Es war vor sechs Jahren, am 16. Juli 1931. Den Tag habe ich mir genau gemerkt. Ich war Rentamtsgehilfe auf Gut Remlin. Am Abend kam eine Frau zu mir, eine polnische Wanderarbeiterin, wie sie damals zu Hunderten in Mecklenburg arbeiteten. Sie wollte am nächsten Morgen weiter. Sie bat, ich solle sie in der Scheune schlafen lassen.«

Roloff stockte. Seine Hände glitten unruhig auf der Barriere der Anklagebank hin und her. Kaum hörbar fuhr er fort: »Ich sah sie mir an. Sie war jung und hübsch. Ich hatte die Schlüssel zur Scheune. Die Frau machte sich ihr Lager zurecht. Ich ging und schloss das Scheunentor von außen ab. Es mag dann gegen halb zwölf gewesen sein, da ging ich wieder in die Scheune, setzte mich zu der Frau, wollte mich ihr nähern. Da stieß ich auf unerwarteten Widerstand. Nun wollte ich ihr Gewalt antun. Aber die

Frau wehrte sich, drohte, sie werde um Hilfe schreien. Ich ließ ab, und ging auf mein Zimmer.«

Roloff erzählte, wie er über den Vorfall nachgrübelte und immer mehr in Angst und Panik geriet: Die Frau würde am nächsten Tag ihren Landsleuten alles erzählen. Die Gutsverwaltung würde es erfahren. Er würde seine Stellung verlieren, jetzt, in der Zeit der großen Arbeitslosigkeit. Um eine neue Stellung zu erhalten, müsste er wieder gefälschte Papiere und Zeugnisse vorlegen.

»Gegen drei Uhr morgens war mein Entschluss gefasst«, sagte Roloff. »Auf dem Hof sah ich mich nach einem Gegenstand um. Vor der Stellmacherei nahm ich einen Wagenschwengel auf. Die Frau schlief fest …«

Nachdem Roloff die grausige Tat geschildert hatte, blickte er zum ersten Mal seine Richter voll an. Er atmete schwer, und trotzdem schien er erleichtert. Nun war klar, dass Roloff durch diesen sogenannten Deckungsmord eine wichtige psychologische Hemmschwelle zwischen seinen vorher begangenen Bagatelltaten und den späteren Kapitalverbrechen überschritten hatte. Er wollte eine Zeugin beseitigen, da er bei erneuter Verhaftung mit hohen Strafen oder gar Sicherungsverwahrung rechnen musste. Erst der »Erfolg« dieses Deckungsmordes leitete dann zu der Mordserie über.

Roloff wurde zum Tode verurteilt und noch 1937 hingerichtet.

Der Schrecken der brandenburgischen Wälder

Der Fall Willi Kimmritz (1946–1948)

Willi Kimmritz wurde am 26. Juni 1912 in Wriezen im Oderbruch als vierzehntes Kind einer Arbeiterfamilie geboren. Der Junge besuchte die Volksschule bis zur siebten Klasse; danach arbeitete er als Knecht und Kutscher in der Landwirtschaft. Mit 24 Jahren wurde er erstmals wegen Notzucht zu drei Jahren Zuchthaus in Gollnow verurteilt. Nach der Entlassung sah es zunächst so aus, als ob sein Leben in geordneten Bahnen verlaufen würde: Er heiratete und wurde Vater eines Kindes. Doch in den Jahren des Zweiten Weltkriegs verübte er mehrere Einbruchsdiebstähle; 1943 wurde er bei einer solchen Tat, die er bei seinem Arbeitgeber – einem Lebensmittelgrossisten – verübte, festgenommen und erneut zu drei Jahren Zuchthaus verurteilt. Noch während der Haftzeit in Gollnow ließ sich seine Frau von ihm scheiden.

Im April 1945 wurde Kimmritz mit anderen Häftlingen der Gollnower Haftanstalt aufgrund der sich unaufhaltsam nähernden Roten Armee auf einen Treck Richtung Westen geschickt und unterwegs freigelassen. Nachdem er kurzzeitig als Gutsverwalter eines Versorgungsgutes der Sowjets arbeitete, bei dem man ihn der Unterschlagung bezichtigte, floh er nach Freienwalde, wo seine Mutter lebte; anschließend ging er nach Berlin. Ohne festen Wohnsitz lebte er dort bei Prostituierten und finanzierte sich den Lebensunterhalt erneut mit Einbruch und Raub.

In den Jahren zwischen 1946 und 1948 beging Kimmritz dann die grausamen Taten, für die er schließlich mit dem Tode bezahlte. In den unwegsamen Brandenburger Wäldern nördlich und östlich von Berlin lauerte er Frauen auf, um sie zu vergewaltigen und zu berauben. Vor allem zum »Hamstern« (um Nahrungsmittel von den Bauern im Umland zu erwerben) mussten die Frauen durch die Wälder, in denen Kimmritz sie überfiel. Dabei verlor er die letzten Skrupel vor Verbrechen: Er tötete vier seiner Opfer, indem er sie mit ihren eigenen Rucksackriemen erdrosselte. Die Taten erzeugten eine regelrechte Panik in der Bevölkerung; sie lösten eine der größten Fahndungsaktionen der Nachkriegszeit aus: die sogenannte Aktion Roland.

Zunächst verlief die Suche nach Kimmritz erfolglos, weil er sich in diesen Gebieten exzellent auskannte. Weitere Gründe dürften den Nachkriegsumständen zuzuschreiben sein: Es gab nur unzureichend Polizeikräfte und Fahndungsmittel; zudem wurde die Fahndung durch die sowjetischen Besatzungsbehörden und Kompetenzstreitigkeiten zwischen den Besatzungsmächten behindert. Auch die Berlin-Blockade erschwerte die Ermittlungsarbeiten. Die Aufklärungsquote lag damals bei mageren siebzig Prozent.

Letztlich wurde Willi Kimmritz von »Kognak-Else« überführt. Diese Frau, deren bürgerlicher Name Else Baethke war, entdeckte den Mörder in einer Bäckerei im Berliner Wedding, im Französischen Sektor, wo er sich bei Schrippen und Kaffee gütlich tat. Es war ein Spätsommertag, der 11. September 1948. »Kognak-Else« hatte Kimmritz erst vor kurzem ihrer Freundin Frieda vorgestellt; wenige Tage danach war diese tot.

Willi Kimmritz wurde verhaftet und legte bereits bei der ersten Vernehmung ein Geständnis ab. Daraufhin erfolgte die Auslieferung in den Sowjetischen Sektor, wo er schließlich 23 Vergewaltigungen, vier Morde und zahlreiche Eigentumsdelikte gestand.

Am 18. Februar 1949 begann vor dem Landgericht Potsdam der Prozess. Schon am gleichen Tag erging das Todesurteil, das in der Berufungsverhandlung und der Revision bestätigt wurde.

Am 26. Juli 1950 wurde Willi Kimmritz in der Haftanstalt Frankfurt (Oder) durch das Fallbeil hingerichtet. Er wurde nur 38 Jahre alt.

Kochlehrling mit Doppelleben

Der Fall Erwin Hagedorn (1969–1971)

Im Frühsommer des Jahres 1969 – es war der 31. Mai – wurden im brandenburgischen Eberswalde die beiden neunjährigen Jungen Henry Specht und Mario Louis als vermisst gemeldet. Ein Jäger hatte die beiden zuletzt im Wald gesehen, wo sie mit einem jungen Mann eine Fahrradtour unternahmen.

Die Polizei leitete zwar Suchmaßnahmen ein, ging jedoch davon aus, dass die Kinder in den nächsten Tagen bestimmt wieder auftauchen würden. Doch das war nicht der Fall.

Beinahe zwei Wochen später entdeckten Holzfäller am 13. Juni 1969 die Leiche Marios und dessen Fahrrad. Exakt einen Tag danach fand man auch Henry tot auf. Ihm war die Kehle durchgeschnitten worden. Spuren des Täters konnten nicht gesichert werden.

Zunächst geriet der Jäger, der die Jungen offenbar als Letzter lebendig gesehen hatte, ins Visier der Fahnder. Doch diesem Mann konnte nichts nachgewiesen werden.

Weil man absolut im Dunkeln tappte, ließ die Polizei durch Dr. Hans Szewczyk, den Leiter der Abteilung für forensische Psychiatrie und Psychologie an der Berliner Charité, ein sogenanntes psychologisches Täterprofil erstellen. Darin hieß es, dass der Täter ein »pädophiler Blutsadist« und ein jüngerer Mann sein müsse, der aller Wahrscheinlichkeit nach noch nicht vorbestraft sei.

Die Tätersuche blieb jedoch erfolglos, und so wurden die Ermittlungen schließlich ein Jahr später eingestellt …

Der Täter dieser grausamen Morde arbeitete indessen als Kochlehrling in einer Mitropa-Bahnhofsküche, wo er nachweislich mit Vorliebe mit Messern hantierte. Wie die Ermittler später erfuhren, hatte man bei seiner Ausbildung beobachtet, dass er beim Zerlegen von Fischen besonders brutal vorging. Es handelte sich um den am 30. Januar 1952 in Eberswalde geborenen Erwin Hagedorn, der bei den anderen Lehrlingen recht unbeliebt war. Er spielte Theater, wohl weil er sich gern im Mittelpunkt stehen sah.

Hagedorn war eher isoliert aufgewachsen. Die Eltern stellten hohe Ansprüche an ihn; in der Schule war er ein Außenseiter und wurde häufig gehänselt. Er spielte bevorzugt mit jüngeren Kindern, zunächst vor allem mit Mädchen, die er gern quälte und ärgerte. Eines der Kinder bedrohte er eines Tages sogar mit einem Messer, doch wurde diese Tat damals zwar erfasst, jedoch nicht sonderlich beachtet. Als Hagedorn dann die beiden ersten Morde beging, war er erst 17 Jahre alt.

Etwas mehr als zwei Jahre nach dem Verbrechen an Henry und Mario mordete Hagedorn erneut. Es war am 9. Oktober 1971, als er in der Nähe der Garagen diverser Neubauwohnungen auf den zwölfjährigen Ronald Winkler stieß. Der Junge spielte auf einer Wiese. Hagedorn verfolgte ihn schließlich, bis sie in denselben Wald kamen, in dem die beiden Jungen gefunden wurden. Dort tötete er Ronald auf grausame Weise durch Schnitte in den Hals. Unmittelbar nach dem Mord fuhr Hagedorn in den

Betrieb seiner Mutter, wo eine Auszeichnungsveranstaltung stattfand.

Nach diesem Verbrechen leitete die Eberswalder Polizei umfassende Kontrollmaßnahmen ein, insbesondere im Stadtteil Westend. Man postierte Polizisten vor nahezu jedem Hauseingang, und die Kinder durften die Wohnungen nur noch in Begleitung eines Elternteiles verlassen; überdies wurde verlangt, dass sie zur Schule gebracht und von dort abgeholt werden. In den Schulen selbst erteilte man Belehrungen, wie man sich gegenüber Fremden zu verhalten habe.

Erneut bildete die Polizei eine Sonderkommission und zog Dr. Szewczyk als forensischen Berater hinzu. Er empfahl, ganze Schulklassen zu befragen, um neue Erkenntnisse zu gewinnen. Denn Szewczyk ging davon aus, dass der Täter schon früher durch sexuelle Belästigungen aufgefallen war.

Seine Überlegung erwies sich als zutreffend. Es ging der Hinweis eines Jungen ein, der bereits ein Jahr vor den Morden von 1969 sexuell belästigt worden war. Aus Scham hatte Andreas K. seinen Eltern nichts davon erzählt. Nun hatten die Fahnder die entscheidende Spur. Andreas war mit seiner Mutter im Wald Skifahren gewesen, als sie dort auf einen jungen Mann stießen. Die Mutter ließ ihren Sohn mit ihm allein, doch dieser bedrohte Andreas bald darauf und verübte an ihm sexuelle Handlungen. Danach ließ er ihn, anders als seine späteren Opfer, laufen. Anhand von Passbildern, die man dem Jungen nun vorlegte, identifizierte er Erwin Hagedorn einwandfrei. Dieser wurde daraufhin am 12. November 1971 verhaftet.

Erstaunlicherweise legte Hagedorn sofort ein Geständnis ab und erklärte sich bereit, mit der Polizei zusammenzuarbeiten. Er gab an, dass ihn der Film *Es geschah am helllichten Tag* mit Gert Fröbe und Heinz Rühmann zu den Morden angeregt habe, und schilderte in den anschließenden Verhören ohne Scham und Reue seine Taten. Die Ermittler waren geradezu schockiert. So erwähnte Hagedorn beispielsweise, dass er bei dem Doppelmord zunächst einen der beiden Jungen nur verletzt habe, um die Opfer voneinander zu trennen. Er habe vorgegeben, mit dem zweiten Jungen Hilfe holen zu wollen. Als er mit ihm allein gewesen sei, habe er ihn in die Herzgegend gestochen und dabei hochgradige sexuelle Erregung verspürt.

Der Fall Hagedorn wurde schon während der Vernehmungen und des am 9. Mai 1972 beginnenden Prozesses von einem Dokumentarfilmteam begleitet, um einen Lehrfilm herzustellen. So wurden in der Folge auch die Morde, die bis dahin in der DDR beispiellos waren, an den Tatorten nachgestellt. Dabei ließ man Hagedorn selbst mitwirken – Kinder der beteiligten Kriminalisten spielten die jeweiligen Opfer. Hagedorn schien die Hauptrolle sichtlich zu genießen; zu den Taten äußerte er sich ohne sichtbare Gefühlsregungen.

Bereits am 15. Mai 1972 verurteilte der 1. Strafsenat des Bezirksgerichts Frankfurt (Oder) Erwin Hagedorn »wegen mehrfach vollendeten und mehrfach vorbereiteten Mordes« in acht Fällen sowie sexuellen Missbrauchs von Kindern zum Tode. Die Verteidigung hatte zuvor ständige Sicherheitsverwahrung empfohlen. Im Urteilstenor hieß es: »Der Angeklagte hat das

Recht verwirkt, in unserer humanen Gesellschaft zu leben.«

Die Revisionsverhandlung bestätigte den Richterspruch der Vorinstanz. Hagedorns Eltern richteten daraufhin ein Gnadengesuch an den Staatsratsvorsitzenden der DDR, Walter Ulbricht, doch der lehnte dasselbe ab, nachdem er sich den Polizeilehrfilm angesehen hatte.

Am 15. September 1972 verlegte man Hagedorn in die Justizvollzugsanstalt Leipzig. Dort wurde das Todesurteil vom Henker Hermann Lorenz vollstreckt. Der Tod erfolgte durch einen unerwarteten Nahschuss in den Hinterkopf. Hagedorn bekam den Henker dabei nicht zu Gesicht. Hermann näherte sich ihm leise von hinten und schoss ihm mit einer Pistole ins Genick. Hagedorns Leichnam wurde anschließend im Krematorium des Leipziger Südfriedhofes eingeäschert und anonym bestattet.

In der DDR wurden seit 1949 mindestens 170 Menschen hingerichtet: darunter NS-Kriegsverbrecher, Spione, Saboteure, Terroristen, Hochverräter, Mörder und Kinderschänder. Die ersten Urteile wurden mit einer Guillotine ausgeführt, ab 1968 setzte man den unerwarteten Nahschuss ein. Zunächst waren 33 Straftatbestände todeswürdig, seit 1968 nur noch 21.

Quellen und Literatur (Auswahl)

BERLIN

Der sadistische Hauslehrer

HAGER, MICHAEL: *Der Hauslehrer. Geschichte eines Kriminalfalles. Erziehung, Sexualität und Medien um 1900.* Berlin 2010.

PFAHLMANN, OLIVER: »Die Idee vom geborenen Verbrecher«. *Deutschlandfunk* vom 22.12.2010. Auf: https://www.deutschlandfunk.de/die-idee-vom-geborenen-verbrecher-100.html.

VON THADDEN, ELISABETH: »Brutalste Aufklärung« In: *Die Zeit* Nr. 40/2010. Auf: https://www.zeit.de/2010/40/S-Hauslehrer?utm_referrer=https%3A%2F%2Fwww.google.com%2F.

Die Bestie vom Falkenhagener See

FREY, ERICH: *Ich beantrage Freispruch. Aus den Erinnerungen des Strafverteidigers Prof. Dr. Dr. Erich Frey.* Hamburg 1959.

»Ich beantrage Freispruch. Aus den Erinnerungen des Strafverteidigers Prof. Dr. Dr. Erich Frey«. In: *Quick* Nr. 31–32/1957.

Berichte der Berliner Tageszeitungen von 1920–21.

Der Wurstmaxe vom Landwehrkanal

BOSETZKY, HORST: *Die Bestie vom Schlesischen Bahnhof. Dokumentarischer Roman aus den 20er Jahren.* München 2004.

FUHRER, ARMIN: »Die Bestie vom Schlesischen Bahnhof: Niemand weiß, wie viele Frauen er zerstückelte«. Auf: https://www.focus.de/wissen/ mensch/serienmoerder-in-berlin-die-bestie-vom-schlesischen-bahnhof_id_7476549.html.

Mord aus Hörigkeit

»Der Fund an der Mühlendammschleuse«. In: Erich Liebermann von Sonnenberg und Otto Trettin: *Kriminalfälle.* Berlin 1934, S. 222–241.

Mord am Doppelgänger

REES, ALEXANDER: *Unheimliche Indizien. Mordfälle aus der Praxis.* München 1961.

Der S-Bahn-Mörder

ALT, AXEL: *Der Tod fuhr im Zug.* Berlin/Leipzig 1944.

ALTHAUS, JOHANN: »Das Tier von Rummelsburg überfiel 31 Frauen im Zug.« Auf: https://www.welt.de/geschichte/zweiter-weltkrieg/article171228168/Das-Tier-von-Rummelsburg-ueberfiel-31-Frauen-im-Zug.html.

BOSETZKY, HORST: *Wie ein Tier. Der S-Bahn-Mörder. Dokumentarischer Roman.* Berlin 1995.

Dirnenmord in Berlin
Kaleth, Hans: »Mord an einer Prostituierten in Berlin«. In: *Kriminalistik.* Hamburg 1955, S. 284–290.

RAUM BRANDENBURG

Der verrückte Tischler
Gref, Christiane: *Die Blutlüge. Ludwig Tessnow. Biografischer Kriminalroman.* Meßkirch 2016.
Naumann, Dieter und Leonhardt, Rainer: »Der Fall Tessnow«. In: *Das Blättchen* Nr. 2/2018.
Wirth, Inge: *Tote geben zu Protokoll. Berühmte Fälle der Rechtsmedizin.* Augsburg 2000.
Der Förstermörder der Tucheler Heide
Busdorf, Otto: *Wilddieberei und Förstermorde.* Berlin 1929.
Ehlers, Jürgen: *Blutrot blüht die Heide. Historischer Kriminalroman.* Hillesheim 2012.
Onkel »Ticktack« und der Tod
Berthold, Will: »Der Onkel mit der großen Uhr«. In: Stefan Amberg: *Vollstreckt. Johann Reichart, der letzte deutsche Henker.* München 1982.
Ebermayer, Erich: »Onkel Ticktack. Der Knabenmörder
Adolf Seefeldt:« In: R. A. Stemmle (Hrsg.) *Sexualverbrechen.* Der Neue Pitaval, Bd. 13. München 1967.
Lobbes, Hans: »Der Fall Seefeld.« In: *Kriminalistische Monatshefte*, Heft 11/1935, Heft 5/1936 und Heft 7/1936).
Der Mordbrenner vom Oderbruch
Liebermann von Sonnenberg, Erich und Trettin, Otto: *Kriminalfälle.* Berlin 1934. Serie »Massenmörder« in der *Bild.*
Ein Mord zu viel
Weimann, Waldemar: »Die Versuchungen des Willi Roloff«. In: Waldemar Weimann, Gerhard Jaeckel: *Diagnose Mord. Die Memoiren eines Gerichtsmediziners.* Bayreuth 1964, S. 240–260.
Der Schrecken der Brandenburgischen Wälder
Eik, Jan: *Schaurige Geschichten aus Berlin. Die dunklen Geheimnisse der Stadt.* Berlin 2013.
Mittmann, Wolfgang: *Aktion Roland. Jagd auf einen Frauenmörder.* Berlin 2001.
Kochlehrling mit Doppelleben
Halter, Hans: »Nahschuss in den Hinterkopf« In: *Der Spiegel* Nr. 35/1991.
Mittmann, Wolfgang: *Tatzeit. Große Fälle der deutschen Volkspolizei.* Band 1 und 2. Berlin 2000.